じつは義妹でした。 4

～最近できた
義理の弟の距離感が
やたら近いわけ～

始めようか、
僕と兄貴の楽しいクリスマス

真嶋涼太
Majima Ryota
高校2年生。
今回は義妹の晶と
楽しいクリスマスを
過ごすため、
奮闘する……！

姫野 晶
Himeno Akira
高校1年生。
クリスマスを前に、
役者のスカウトを受けて、
涼太に本気の
進路相談……!?

感触で分かったけど、このネックレス……。
ありがとね、兄貴

あそこの店の前の鏡で見てこいよ

そして——

西山和沙
Nishiyama Kazusa
演劇部部長。
常に彼氏募集中。
お調子者だが、
演技力は確か
伊藤天音
Ito Amane
大人しい演劇部員。
兄妹での恋愛に
興味津々で……
!!?

着替え中にうっかり……!?

メリークリスマス、
涼太先輩、晶♪
上田ひなた
Ueda Hinata
晶の同級生の
高校1年生女子。
クリスマス前に、
涼太をデートに誘って
……？

おい、チンチクリン。
なんだその反応は？
上田光惺
Ueda Kousei
涼太の友人で、ひなたの兄。
ひなたと涼太の仲に、
なにやら
やきもきしていて……

なんだか落ち着かなくて、
早く来ちゃいました……
気にしないでください。
私、こうやって待つのも好きですから！

じつは義妹(いもうと)でした。4
～最近できた義理の弟の距離感がやたら近いわけ～

白井ムク

ファンタジア文庫

3244

口絵・本文イラスト　千種みのり

contents

プロローグ

十二月に入って寒い日が続いている。

期末テストまで一週間を切ったこともあり、俺と晶は俺の部屋で朝から一緒に勉強をしていたのだが、

「ふひぃ～、あったかぁあ～～～。こたつさいこぉお～～～……」

晶の今の状態を一言で言うなら亀だ。

こたつからニョキッと首と腕を生やしてスマホを弄るデカい亀さん状態になっている。

先日こたつを出してからというもの晶はずっとこの調子で、勉強が亀の歩みのごとく遅々として進まない。

俺は時計を見て一つため息をつき、デカい亀さんに声をかけた。

「なあ、そろそろ続きしないか？」

「う～ん、もうちょい～。次こそは～……どやっ！」

こうもインターバルが長いとどうしても間延びしてしまうな。

晶曰く、この状態は格ゲーでいうところのパワーゲージを溜めるようなものらしい。こ

たつで十分に身体を温めてから、ここぞというタイミングで一気に放出——

「やったぁ！　琴キュン（中沢琴）のクリスマス限定衣装ゲットだぜぇ——っ！」

……とまあ、ゲージを溜めるどころかはしゃいでいる。

けっきょくのところ好評配信中のスマートフォン版アクションRPG『エンド・オブ・ザ・サムライ　～江戸の黙示録～』をやりたいだけなのだ、この義妹は……。

夏から秋にかけてはコツコツ勉強していたのに、あれはポーズだったということか——いや、晶をこんな風に変えてしまったのは俺か。

最初にエンサム2を勧めたのは俺だしな～……。

「見て見て！　琴キュンのセクシーサンタコスだよ兄貴！　やっぱ琴キュンはなに着ても似合うよね～！　可愛い！　可愛すぎるよぉ～～～！」

「はいはい……。冬だっていうのにへそ出して寒そうだな？」

へそ以外も出しすぎで肌の露出が多い。

というか、男装の麗人キャラはどうした琴キュン？　戦の最中に鼻の下を伸ばすとは愚かな～的なこと言ってたの、君じゃなかったっけ？

琴キュンにツッコんだところで仕方がないか……。

「さ、もういいだろ？　続きやるぞ」

「お願い！　あと五分だけ！　このセクシーサンタ琴キュンを目に焼き付けたいんだ！」

「そう言っていつも五分が十五分になるだろ？　──ほら、やるときはやる！」

「やらないときはやらない！」

「その通り！　……って、オイ！　返すなっ！」

俺は心を鬼にして厳しめな顔をしてみせた。

「つーか晶、今回の勉強の目的を忘れたのか？」

「はっ⁉　そうだった！　僕と兄貴の楽しいクリスマスがっ！」

──お前のやる気スイッチはそこかよ……。

「クリスマス（そっち）じゃないだろ？　二年のコース選択のほうだ……」

「う〜ん……。そっちも大事だけど僕的には兄貴とクリスマスに……ぐふふっ♪」

「なんだ？　なにを考えてる……？」

「シークレット！　ってことで、次は英語の勉強しよーっと♪」

俺は思わず頭を抱えた。

勉強の目的──差しあたっては期末テストを乗り切るため。……ただ、この期末テストは晶たち一年生にとっては二年生のコース選択に関わる重要なテストだったりする。

俺たちの通う結城（ゆうき）学園は二年生からコースが文系と理系に完全に分かれる。

それぞれのコースで特進クラスと進学クラスがあり、カリキュラムが違うので大学進学に影響するのだ。

晶はまだ文系に進むか理系に進むか決めかねているらしい——が、一年生はこれまでの成績と今回の期末テストの成績で選択できるコース・クラスが絞られてしまう。

兄の俺としては、少しでも晶の進路選択の幅を広げてやりたいのだが、それよりもなによりも、晶にとって優先すべきは俺と楽しくクリスマスを迎えられるかどうからしい。

兄心(あにごころ)、妹知らず……語呂悪いな。それにしても——

晶自身のこれからのこと。

兄妹(きょうだい)で過ごすクリスマス。

——この二つを天秤(てんびん)にかけるのなら前者を優先して悩んで欲しい……。

まあ、理系と文系どちらに進むにしろ、じつはそのどちらでもないある選択を晶は今迫られているのだが……。

俺が頭を抱えていると、晶はいつの間にか俺よりも重たそうに頭を抱えていた。

「どうした？　わからないところでもあったか？」

「う～ん……。仮定法過去が現在ってどういうこと？　過去形なのに現在って意味がさっぱりわからなくて……」

「ん？　時制で世界を変えるんだよ」

「世界を変えるってどゆことっ⁉」

「仮定法っていうのは『もしも～だったら……だ』って訳すだろ？　たとえば日本語だったらどういう文になる？」

「もしもお金があったらペリー様の限定衣装が当たるガチャも回せるのに……」

「……まあそういうことだけど感情を込めるな。琴キュンのサンタコスだけで我慢しろ」

「そんなの無理……。僕の頭の中でペリー様が『晶、ガチャを回して世界を変えろ』って言ってくるんだ！」

「末期症状だな……」

俺はだいぶ呆れたが、そのあとも辛抱強く解説を続けた。

「――つまり、それって現在の現実世界じゃ金がないってことだろ？　金があったらガチャを回せるっていうのは仮定の世界の話で、そういうあべこべな世界を表現するためにわざと時間軸を過去にずらしてるんだ」

ガチャを回すための小判（＝有償ダイヤ）やらペリー様やらの絵をノートに描いて説明すると、晶は妙に納得した様子で目を輝かせた。

「なるほど、超納得！　さっすが兄貴！」

「まあ、それならいいけどさ……」

「妹の未来を応援する、家庭教師のアニキ！」

「それ、なんかのパクリくさいからやめてくれ……」

「じゃあじゃあ仮定法過去完了は？」

「過去完了の形をとるけど、けっきょく過去の仮定のこと。『もしも〜だったら……だったのに』って訳すんだ」

　すると晶は「そっか」とまた納得した顔をして――

「もしも兄貴が最初から僕のことを妹だってわかっていたら、僕は兄貴のことを大好きにならなかったのに――ってこと？」

　――と、今度は上目遣いになって俺の目をじっと見つめてきた。

　英語の質問にかこつけて、俺たちの今の関係について俺がどう思っているか探りを入れてきたのだろう。困った俺は、

「いちおうそれは、仮定法過去完了の文になってるな……」

と、はぐらかしておいた。

仮定のこととはいえ、そのイフを出されると非常に悩む。

義妹だと知っていたら、最初から晶と距離を置いて生活していたのではないか――

晶もまた、出会ったときのまま、警戒心強めな義妹のままだったのではないか――

勘違いしていなかったら、俺たちは今とは違う現在を歩んでいたのではないか――

ある意味で、俺にとっては一番の難問かもしれない。

けれど晶は「考えるまでもないか」と言い、

「兄貴が僕を弟だって勘違いしなかったとしても、僕は兄貴のことを絶対好きになってたし、今も、これからもずっとずっとず――――っと大好きだよ」

と、いとも簡単にこの難問に答えてしまった。

「え～っと、それ、いろいろごちゃごちゃで英語でどう訳すのかさっぱりわからん」

「えっとね、まとめるとアイラブユーってこと！　これぞまさに不変の真理だよ！」

「不変の真理って……。これまたずいぶん単純化したな……？」

「シンプルイズベスト♪　ドゥーユーラブミー？　はい、イエスかノーで答えて？」

――どの角度からでも俺に繋げてくるな……。その頭の回転力を勉強にまわしたらいいのに――いやいやいやいや、感心している場合じゃないか。

「……あのな、アイラブユーは意味が広くて挨拶程度に友達や家族にも使う言葉で――」

「照れんなって」

「照れてねぇからっ！」

――とりあえず。

時間は未来に向かって進んでいる。

そして晶が望む未来はハッピーエンド。

理系か文系かどころではない差し迫った晶の究極の選択。

イエスかノー、そういうシンプルな回答が実際は一番難しいと、このところよく思うようになった。

そして晶だけではなく、じつは俺も、ある大きな決断を迫られていたりする……。

つまり、今の俺たちは能天気に見えるだろうが、あれやこれやと問題が積み重なって、クリスマスでもないのに頭の中がジングルベル状態だったりするのだ。

なぜこうなってしまったのか？

まずは俺たち兄妹のあいだでクリスマスの話題が出た十二月三日から振り返ってみることにしよう――

第1話「じつは義妹からクリスマスの話題を振られまして……」

十二月三日金曜日。

カレンダーが替わり、いよいよ今年最後の月になって三日が経過していた。

七月に親父が再婚してからというもの、義理の弟だと思っていた晶が義妹だったと発覚し、花音祭でロミオがジュリエットになり、家族旅行で遭難しかけ、まさかまさかが重なっていくうちにいつの間にか今年が終わろうとしている。

終業式まであと三週間。学校に行くのもあと十六日。そのあとはいよいよ冬休み。

だから俺も晶も、少しだけ気が抜けていた感は否めない。

ただ、先に断っておくと、この日も『まさかまさかの出来事』が起こる——

この日、俺と晶がいつものように一緒に家を出て学校に向かって歩いていると、不意に晶が俺の腕をとり「そういえば」と口を開いて弾むような笑顔を見せた。

「もうすぐクリスマスだね、兄貴」

「そうだな。イブに終業式があって、クリスマスから冬休みだ。……ま、その前に期末テストがあるんだけどな？」

「もう、なんでテンション下がること言うかな～？」

「すまんすまん、念のため。一年生にとったら──」

「大事なテストだってことくらいわかってるって。──あっ！　あれ見て！」

急に晶が指差したほうを見る。

「ああ、あれか。あれが始まるといよいよクリスマスって気分になるな～」

住宅街の一角、ここ数年で新しく建てられた家々にクリスマスの装飾が施されていた。

凝ったところだとイルミネーションライトのほかにも、屋根の上にサンタの模型があったり、庭にトナカイを模して作った電飾などを置いたりしている。

おそらく小さい子供がいる家々が、挙(こぞ)ってか競ってか、ああいう風に家全体にクリスマスデコレーションをして子供を楽しませているのだろう。

「ああいうのいいな～。うち、前までアパートだったからああいうの憧れるんだ～」

「へぇ～、出不精なのに屋外の飾りには興味あるのか？」

「むぅ～！　それとこれとは話がべつだし！」

晶は「もう」と言ってぷっくり頬を膨らませたが、またすぐに明るい顔になる。

「ねえねえ、毎年真嶋(まじま)家のクリスマスはどんな感じなの？」

「ん？　うちは昔っから家ん中にツリーを飾るくらいだな――」

映画美術の仕事をやっている親父は年末が特に忙しい。

撮影スケジュールが押している作品があると（だいたい押すらしいが……）、年末に怒濤の徹夜ラッシュが続くそうで、撮影所の近くや会社に泊まり込む日がやたら増える。

それでも親父は俺をないがしろにはしなかった。

「小学生のときは学校から帰るとツリーが飾られていて、親父がケーキとプレゼントを用意してくれたんだ」

「さすが親父だね。中学からは？」

「親父の仕事がもっと忙しくなってさ……。でも、代わりに光惺やひなたちゃんと仲良くなったから、それからは三人で一緒にクリスマスを過ごすようになったんだ」

それまで親父は父親らしいことをしようと、俺のために必死に時間をつくってくれていたのかもしれない――と、晶に真嶋家のクリスマス事情を説明しながら思った。

「富永家もそんな感じかな〜。母さん、年末年始は忙しいから――」

メイクアップアーティストである美由貴さんもまた年末年始は繁忙期というやつで、テレビの特番での仕事が一気に増えるそうだ。

当然クリスマスは元日に次いで超ハードモード。

着物の着付けがないだけマシなのだそうだが、早朝から深夜まで立ち仕事の上に現場から現場へのはしごは聞いているだけで大変そうだ。

「だからね、富永家のクリスマスはいつも二十六日だったんだ。ボクシング・デーってやつ？　シュッシュ！　――って、そっちのボクシングじゃないか」

と、晶は一人でボケてツッコんだ。

ちなみにボクシング・デーとは、もともとクリスマスも仕事をしなければならなかった使用人や郵便配達員のための休日で、彼らにも箱（ボックス）に入れた贈り物が渡されたことに由来するとか……まあ、諸説いろいろあるらしい。

とりあえず、面白いというより、なるほどというより、いちいちシャドーボクシングをしてみせる仕草が可愛い。

「それにね、母さんがいない二十五日はお父さんと出かけてたんだ。遊園地でしょ、ショッピングモールに、ゲームセンター。だから僕にはクリスマスが二日あったんだ」

それを聞いていたく安心した。

美由貴さんからも、離れて暮らす実父の建さんからも、二人からの愛情はきちんと晶に伝わっていたということだろう。

晶がクリスマスの話題でこれほどテンションが高いのは、それが素敵な思い出であることに他ならない。素敵な思い出のようで本当に良かったと思う。

「それで、兄貴はあんな感じのイルミネーションとか憧れたりしないの？」

と、晶は話を戻した。

「僕はああいうキラキラしたのに憧れるなぁ～」

「いやいや、ああいうのはまず準備が大変だ。片付けも。あと電気代もだいぶかかりそう。クリスマスが終わったらすぐに撤去しないと大晦日(おおみそか)と正月がくるしな～」

真面目な顔でそう言うと、晶は輝きを失った目で俺を見つめてくる。

「あのさ、兄貴……。ロマンって言葉知ってる？　いちおう言っておくと食べ物じゃないよ？」

「栗(くり)のことじゃないのか？」

「だから、マロンね、それ……」

やれやれと晶がついたため息はいつもより白く濁った。

ここ最近で今朝は特に寒い。歩いているうちに晶の鼻が赤くなってきた。色白だから余計にそう見えるのかもしれないが、なんだかトナカイやピエロのようで可愛(かわい)らしい。

「兄貴、なんでニヤニヤしてるの？」

「晶の顔が可愛くて」

「ふぇっ⁉　なんで⁉」

「鼻、真っ赤っ赤だぞ？」

晶は慌てて鼻を押さえたが、みるみるうちに顔全体が赤く染まっていく。

「み、見ないでよ！　寒いとどうしてもこうなっちゃうのっ！」

「可愛いぞ、ほんと」

「そういう可愛さは要らないのっ！　もう、兄貴のバカバカっ！」

むくれてそっぽを向くところもあどけなくて可愛らしい。

最近は晶のこういう反応を見たいがために、ちょっとだけ意地悪なことを言ってしまうあたり、俺も少しずつ兄としての余裕が出てきたのかもしれない。

＊＊＊

少し早めに有栖南駅に着いた。

駅の周辺や街路樹にイルミネーションライトが施されているのを見ながら、

「早くクリスマスにならないかな～」

と、晶が俺の肩に頭を預け、次いでなにかを期待しているように目をパチクリさせながら俺を見つめてくる。……プレゼントの催促だろうか？

一瞬その愛くるしさに胸が高鳴ってしまったが、俺はすぐに改札のほうを向き、

「晶、腕。駅だから」

と、腕を解くように言った。

「今日はこのまま登校しちゃう？」

「しちゃわない」

「からのぉ～……？」

「だからしちゃわないって……」

冗談だとわかっているが、ただでさえ学校では『規格外のシスコン』呼ばわりされる俺だ。妹と腕を組んで登校した日にはなにを言われるかわからない。

特に西山、あと西山、さらに西山あたりがうるさい。ついでに言うと、西山がうるさくない日はない。あと俺はシスコンではなく『兄バカ』だ。

「兄貴ぃ～、顔、真っ赤っ赤だよ～？」

「おい、さっきの仕返しのつもりか？」

晶はにししと笑うと絡めた腕を解いて、代わりに俺の手を握ってくる。

「兄貴の手、あったかい。手があったかい人って心もあったかいんだよね？」

「それ言うなら、手が冷たい人は心が温かいだろ？」

感情豊かな人は手が冷たいという説を聞いたことがある。

感情が大きく動くために緊張して手に汗をかき、手の表面温度はかえって冷たくなるらしい——と、テレビでかじった程度の知識を口にすると、晶は顔を真っ赤にして握っていた手をぱっと離した。

「僕、そんなに手汗ひどいのっ⁉」

「いや、それは感じたことないけどな？」

「ぜ、ぜんぜん気づかなかった！　今までベタベタだったのかな……？　——ふーっ、ふーっ……」

と、晶は焦りながら手に息を吹きかけている。

「それ、なにしてるんだ？」

「乾かしてるの！　——ふーっ、ふ————っ……」

「必要ないって。ほら——」

晶の右手を取り、そのまま俺のコートの左ポケットに招く——が、しまった……。

晶に握らせようとしたカイロは右ポケットだったが……まあこれはこれで、いっか。

晶は顔を真っ赤にしながら目を大きく見開いた。

「え？　これ、僕の手、兄貴のポケットの中……」

「冷やしたら、勉強に支障が出るだろ……？」

「う、うん……」

俺は自分からやっておきながら照れ臭くなってそっぽを向いたが、晶はからかってこなかった。なにも言わず、ただポケットの内側でにぎにぎと俺の手を握り返してくる。

そのうち左腕を俺の背中に回すと、そのまま俺の心音を聞くように胸にぴたりと耳を当ててきた。

「どうした？　充電か？」

「ううん……」

晶はポケットから右手を抜くと、そのまま俺の背中に右腕を回す。

これで俺は完全に抱きつかれる格好になった。

「これは大好きのハグ」

「ド直球だな……」

「兄貴は人をいきなりキュンってさせるくせに鈍感だからね～」

人通りがあって照れ臭いし、コートの上から抱きつかれるとごわごわするが、不思議と嫌な気分にならない。むしろ、このままずっとこうしていたい気分になる。

俺の体感温度が寒いから温かいに、温かいから少し暑いに変わったころ、ふと晶が口を開いた。

「僕ね、冬は寒いから嫌いだったんだ。でもね、今年の冬は好き。こんな感じで兄貴との距離がぐっと近づいて、あったかい冬になりそうだから」

「それ、雑誌かなんかの星占いか？」

「ううん、僕の希望、願望、野望、欲望」

「最後の二つ、いろいろぶち壊しだけど一緒にしちゃっていいの？」

「突き詰めたらみんな同じことだもん」

晶が顔を上げて少年のような無邪気な笑顔になる。

「ってことで、兄貴は僕がいただくぜっ！」

「おいおい、俺はお宝かよ……」

なんとなくおかしくて二人でくすりと笑った。

ただ、こうしているあいだにも電車の時間が差し迫っていた。

「晶、そろそろホームに――」

「えと、もうちょっとこうしてたい……」

「ほら、電車も来るし」

「もうちょっとだけ……」

抱きつかれてからが長い——ここ最近の晶の変化で、それが一番気になっていた。

明け方目が覚めると必ず俺の布団に潜り込んでいるし、「起きろと」と言っても「もうちょっと」と返される。

寒いのもあってひっつき虫になるのはわかるが、その「もうちょっと」がやけに長いのだ。

なかなか離してもらえないし、どうしていいのかわからず戸惑ってしまう。『秒』ではなく『分』……そのうち『時間』になるのではないかとも思ってしまう。

とにかくひっつき虫の甘えん坊さんなのである。

もう一度「離してくれ」と言ったが、晶は逆に腕に力を込め、俺の胸にぐりぐりと頭を押し付けてきた。少しだけ痛い。

「……兄貴はね、あの山でこうして僕を二時間もあっためてくれてたんだよ？　だからね、今度は、僕がこうして兄貴をあっためる番」

なるほど、そういうことか……。

「この前の家族旅行のこと、まだ気にしてるのか？」

「うん。気にしてる」

「もう気にしなくていいって言ったろ？」

「するよ。一生する。しなかったらただの恩知らずになっちゃうから……」

最近晶の甘えん坊に拍車がかかっていると思ったら、どうやらこれは恩返しのつもりだったらしい。

先月の家族旅行で俺と晶は命からがらの目に遭い、なんとかこうして帰ってこられた。ようやく普通の日常に戻ったかと思ったらまだ余波が残っていたようだ。

「逆に俺も助けてもらったわけだし、おあいこだって」

「でも、こうしてないと、兄貴、どっかに行っちゃうもん……」

「行かない。俺はここにいるぞー？」

聞き分けのない子に言い聞かせるようにしてそっと頭を撫でてやると、ようやく安心したのか腕の力を緩め始めた。

「どこかに行っちゃ嫌だからね……。宿題まだ終わってないし。兄貴、忘れてない？」

「もちろん、忘れてないよ」

宿題とは『藤見之崎温泉郷』の一角、古い石畳の道で急に出されたあれ——

『——ハッピーエンドしか勝たん！ってことで、兄貴がその女の子が幸せになる物語の続きを考えてみてよ』

──晶がつくった物語に登場する「女の子」がハッピーエンドを迎えるまでの続きを考えること。その「女の子」というのは、たぶんというか晶のこと。

最終的に「王子様」と結ばれる結末にしたいらしい。

王子様とは──いや、それはいいとして、どうにも俺にはそこまでの道筋を考えるのが難しい気がしてならなかった。

そこで俺が晶に頼んだのは、物語の続きを一緒に考えてほしいということ。

言い換えれば、晶がハッピーエンドを迎えるまで俺がそばにいるということだ。

晶はそれで納得したようだったが、俺としては具体的にどんな物語を描いたら晶が満足するのかわからない。とりあえず、こうして晶との日々を過ごしているだけ。

ただ、なにも考えなしというわけではない。

クリスマスの話題が出たことだし、少し前から考えていたことを伝えておくか。

「宿題の物語の続き、クリスマスにしようか？」

晶は「え？」と驚いたように口を開いた。

「そういうイベントがあったほうが物語が面白くなるだろ？」

「でも、いつもは上田先輩とひなたちゃんと三人で過ごすんでしょ？」

「今年は家族で過ごそう。あ、でも、親父と美由貴さんは仕事でいないだろうからけっきよく俺たちだけなんだけど――」

「嬉しい」

と、俺が言い終わる前に晶が口を開いた。

「僕の宿題、物語の続き、考えてくれてたんだね？　しかもクリスマスイベントとはなかなかロマンチックじゃないか？」

「ま、まあな……」

「ありがとう兄貴！　もう、ほんと大好きすぎっ！　愛してるぜ～～っ！」

晶はひときわ強く抱きついてくると「う～」や「あ～」などと嬉しそうな声を出す。

喜んでもらえて俺も嬉しいが、やはり人通りの中で愛を叫ばれると恥ずかしい……。

往来でなにやってるんだか――と、そこでカンカンカンと踏切の音が聞こえてきた。

「晶、電車が着くぞ。行かないと――」

「じゃあ改札までお姫様抱っこしてくれる？」

「なんで⁉」

「兄貴は僕の王子様だから♪」

「……自分の足で歩きなさい。あと、さすがに王子様はやめてくれ……」

俺はせいぜい村人Aくらいの立ち位置で、さらっと平気で妹をお姫様抱っこする王子様ならもうすでに知っている。

今日もその王子様と妹君に会うかもしれないのだが――俺はそのことを考えるとべつの意味で緊張してきた。

＊＊＊

有栖南駅から電車に揺られて十分のところに結城学園前駅がある。

ここから学校まで徒歩五分ほどの道があるのだが、そこでおおよそ登校時間が同じ上田兄妹と出会う。

今朝も二人の後ろ姿を見つけた――が、やはり俺は緊張して声をかけるのを躊躇った。

――というのも、最近上田兄妹の様子がおかしい。

今朝も後ろから見ていてなんとなく二人の並んで歩く間隔が広く感じられた。

二人のあいだになにかあったわけではないと俺は光惺から聞いていたし、晶もひなたからそう聞いたらしいが、明らかに様子がおかしいことには俺も晶も気づいていた。

そして――どうやら今回は俺も関係しているかもしれない……。

躊躇いつつも、いつもよりおどけた調子で声をかけてみることにした。

「よっ！　王子様！　ご機嫌麗しゅ～！」

「は？」

不機嫌そうに光惺が振り向く。

「いや、俺様だったか？　それとも王子様の自覚あるのか、光惺？」

「うっざ……」

我ながらなかなかうざい絡みをしたものだと思ったが、光惺がいつも通りの反応をしてくれて安心する。こいつは本当に不機嫌だとなにも反応してくれなくなるのだ。

「お兄ちゃんが王子様って呼ばれて反応するからでしょ？」

ひなたがくすりと笑うと、光惺は「うっせぇ」と不機嫌そうに返した。

そのやりとりのあと、晶がひなたのそばに寄っていった。

「おはよう、ひなたちゃん！」

「晶、おはよう。――あ、昨日のＬＩＭＥありがとう！」

「昨日のあの動画、面白かった？」

「うん！　お部屋で一人で笑っちゃった～♪」

この二人の様子も相変わらず仲が良さそうでほっとする。

ここまではいつものような俺たちのやりとり……が、問題はこの先だ──

「あの、ひなたちゃん……」

「りょ⁉　……涼太先輩、おはようございます」

俺が直接話しかけるといきなりひなたの顔が真っ赤になった。

「あ、うん。おはよう……」

「け、今朝はいつもより寒いですね～……」

「そうだね。雪、降るかも……」

「そうですね……降るかもですね……あははは……」

それ以上会話が広がらず、ひなたは苦笑いのまま俺から顔を逸らした。

──とまあこんな感じで。

家族旅行から帰ってきてからひなたは急に俺への態度を変えた。

会話をしていても上の空だったり、落ち着きがなかったり、いきなり顔を真っ赤にしたと思ったら今度は暗くなったり、泣きそうになったりと、なぜかぎこちない状況が続いている。

端的に言えば──距離を置かれている、のか……？

前までは肩が触れても特に気にせず笑いかけてくれたひなたが、今は晶や光惺、あるいは演劇部の部員の誰かをあいだに挟んで俺と話すようになった。

――俺、ひなたちゃんになんかしたっけ……？

特に嫌われるようなこともしていないはず。たまたまそういう時期なのか、あるいは本当に俺がなにかやらかして気づけていないだけなのか……。

どちらにしろ、俺とひなたとの関係に問題が生じているのは確かなのに、俺はどうしていいのかわからず手詰まり状態だった。

晶とひなたが少し先に行ったので、改めて光惺に訊いてみることにする。

「……あのさ、光惺。ひなたちゃんなんだけど、やっぱなんかあった……？」

「ん？」

「最近、距離を置かれてる気がしてさ……」

「ふ～ん」

光惺は俺に目もくれず、ただ怠そうに前を向いて歩いている。俺は構わずに続けた。

「俺、ひなたちゃんになんかしたかな……？」

「ひなたに直接訊けよ」

「訊いたら教えてくれるかな？」

「さあ？　あいつバカだから……」

光惺は怠そうに頭を掻いて、一つため息をついた。

「とにかくそんなに気になるなら直接ひなたに訊いてみろよ？」

光惺はそれ以上なにも言わず、俺も深く掘って訊くことはしなかった。

ただ、ひなたとの今の関係は、ちょっとというか、だいぶモヤモヤする……。

＊　＊　＊

廊下と教室の寒暖差が激しい。

俺と光惺がすっかり暖かくなっている教室に入ると、すでに半分以上の生徒が登校していてがやがやとなにかを話している。

俺は鞄を机に置いてコートを脱いだあと、スマホを弄る光惺に話しかけた。

「なあ光惺、今年のクリスマスのことなんだけど……」

「ん？　ああ、あれ？」

あれ――今朝晶にも話した、上田家のクリスマスパーティーのこと。

上田家のご両親も年末年始は忙しく、例年は俺たち三人だけでクリスマスを祝っていた。

くれたのだろう。

たぶんうちの事情を知っている上田兄妹が、クリぼっちな俺に気を使って毎年企画して
ただ、今年からは事情が違うので二人に気を使わせる必要もなくなる。

「今年も計画してくれてるのか？」

「まだひなたと話してねぇけど、やるだろうな」

「そのことなんだけど、悪い。俺、今年は家族で過ごすんだ」

今までの感謝の気持ちを素直に伝えると、光惺は少し不機嫌になった。

「今年はチンチクリン入れて四人じゃないのか？」

「そうなんだ、悪いな……。それと、今まで準備してもらったり気を使ってもらってあり
がとな？」

「べつに、気なんて使ってねぇけど……」

「でも、プレゼントとかいろいろやってもらってただろ？」

「ひなたがやりたがってただけだ」

「そっか、ひなたちゃんが……」

ただ、今の俺とひなたの関係を見たときに今年はどうか……。

ひなたの様子を見ていると、今年はやりたくなさそうな感じもする。

「つーか、家族で過ごすって、チンチクリンとだろ？」

「あ、晶も家族だって……」

「ふ～ん」

　このなにかを見透かしたような光惺の目が俺は苦手だ。

　以前、光惺から晶に惹かれているのではないかとつつかれた手前、今の俺と晶の関係を伝えていないのはなんだか心苦しい。嘘はついていないが本当のことは話していない——たぶん俺が光惺の立場でも釈然としないだろう。

　もしかすると、とっくに俺と晶の関係に気づいているのかもしれないが……。

「ま、俺はどっちでもいいけど、ひなたはどうすんの？　お前がうちに来んの、毎年楽しみにしてんだぞ？」

「そうなのか……？」

「そりゃ俺と二人じゃ味気ないからな」

「そんなことないだろ？　ひなたちゃん、お前のこといつも——」

「お前さ、ひなたのことどう思ってんの？」

　と、光惺がぴしゃりと遮った。

「どうって、なんだよいきなり……」

ひなたは光惺の妹で、彼女が小学六年生のときから知っている。

素直で愛想も良く、前向きで努力家。性格だけでなく見た目も可愛くて、俺と同じ演劇部で──と、そういうことを光惺は訊いているわけではなさそうだ……。

俺が返答に困っていると、光惺は怠そうに頭を掻いた。

「断るならそれもひなたに言え」

「ああ、わかった……」

とはいえ、今のひなたに直接話しかけるのはなんだか気が引ける、と──

「そういや、期末テスト近いな?」

光惺がいきなり話題を変えた。

脈絡がなさすぎて一瞬ポカンとしてしまったが、

「あ、ああ、そうだな……。近いな……」

と、慌てて話を合わせた。

「お前、バイトばっかで勉強してないだろ?」

「そっちこそ、家じゃチンチクリンとだらだらしてるんだろ?」

図星を突かれてぐうの音も出ない。

今回の数学はかなり厳しいというのに、俺ときたら晶とだらだら漫画を読んだりゲームをして現実逃避に勤(いそ)しんでいた。正直、今も授業についていけているのか微妙……。

俺は自分に厳しいタイプだからギリギリまでなにもしない――などと言ってられる状況ではなくなってきたのかもしれないな……。

「光惺、今回は数学がガチ鬼門だ。このままじゃガチでヤバい！」

「お前でもヤバいの？」

「ああ、もうはっきり言って宇宙人と交信するレベル……」

「マジかよ……」

俺と光惺が軽く自業自得(じごうじとく)の絶望を味わっていたら、

「――もしかして期末テストの話？」

と、クラスメイトの星野千夏(ほしのちか)が明るく話しかけてきた。

明るくて真面目。交友関係は広く、リア充たちのグループにいる女子。

花音祭では実行委員を務め、クラスの模擬店のコスプレ喫茶では俺と光惺に王子様の衣装を用意した人だ。

まあ、王子様の衣装についていろいろ思うところはあるのだが、そのおかげで俺も光惺も「ロミオとジュリエット」の舞台に上がることができたので、ある意味では恩人である。

ちなみに星野は花音祭の後夜祭で光惺に告白するつもりでいた。

ところが、ひなたの事故の件があってうやむやに終わり、その後も星野は気持ちを伝えられていないらしい。

正直言って『脈なし』なのだが、そのことは星野もわかっている。わかっていて告白の機会を窺っている——そんな健気な星野に、俺は少なからず好感を抱いていた。

ただ、直接光惺に関わろうとしても鬱陶しがられるため、最近では今のように俺と光惺が一緒にいるときに話しかけてくるようになった。

そういうわけで、俺は空気を読んでなるべく黙るようにしている。

「そういえば上田くんと真嶋くんって、テスト前いつも二人で勉強してるよね？」

「べつに。なんとなく」

「真嶋くんと中学からずっと同じクラスなんだよね？」

「ただの腐れ縁。うちの妹がこいつを気に入ってるだけ」

「へ、へ～……。その割には上田くんと真嶋くん、仲良さそうだけど……」

「気のせいじゃね？」

——この金髪イケメン野郎、泣きそうだぞっ！　星野も俺もっ！

「でもいいなぁそういうのっ！　わ、私も一緒に勉強したいなぁ～……なんて、あははは、はは──」

乾いた笑いとともに星野がチラッと俺の顔を見てきた。

流れ的には、まあ、そういうことなのだろう……。

「ああ、うん！　俺も光惺も数学が苦手だから、誰か、得意な人が、教えてくれたら嬉しいな～……なんて、ははっ、ははは……──」

──さあ星野、ここで数学が得意だって言えば──

「あ、数学は私もヤバいかも……」

──って、オイ！　正直すぎるだろっ！

「ほ、星野さんも良かったら一緒にどう!?　ほら、勉強会っていうの!?　そういうの楽しくできていいんじゃないかなっ!?」

「え、いいのっ!?　それ楽しそう！」

「なあ、光惺もいいよなっ!?」

俺と星野はわずかな希望を込めて光惺を見たが、

「だったらお前ら二人でやれよ。俺は邪魔しねぇから」

と、俺たちの希望は呆気なく消え去った。

俺と星野はモアイ像のようにずーんとした顔になって見つめ合う。

——光惺、そういうことじゃなくて……。ついでに傷つけられる俺の身にもなれ……。

しかし、星野も悪いところがある。

なにかしらイベントにかこつけて告白を狙う節があって、なかなか先に進まない。

花音祭のあと「ハロウィンパーティーやらない？」と光惺に提案した際には「だるい」の一言で一蹴されていた。……光惺的にはコスプレにうんざりだったのかもしれないが。

だから鈍感扱いされる俺でも、さすがに星野の思惑に気づく。今回は期末テストを通じて光惺との関係を深め、そのあとのクリスマスに狙いを定めているのだろう。

——すっと呼び出してさっと告白を済ませればいいのに……。

イベントでの告白は成功率が上がるという統計でもあるのだろうか？

まあ、付き合い始めた日はカップルにとって新たな記念日になるのだろうから、なにかしらそういうイベントにかこつけたがる理由もわからなくないが——と、そんなことをしょっぱい顔で考えていたら、しばらくのあいだモアイ像だった星野が、

「あ、そうだ！」

と、起死回生の一手を見出したかのごとく窓のほうを向いた。

「結菜っ！」

星野が向いた先、窓際の席の女子がおもむろにイヤホンを外し、涼しげな視線をこちらに向けた。

「──なに？」

気怠そうな、それでいてよく通る綺麗な声が、騒がしい教室のあいだを縫って聞こえてくる。

彼女は月森結菜。

一学期に隣の席だったこともあって二、三度言葉を交わしたことがある人だ。

月森はわざわざ席から立ってこちらに向かってきた。

すらりとした長身の後ろで、しなやかな長い黒髪が左右に揺れる。

スタイル抜群で、気怠そうな歩き方が少し色っぽくも見え、同い年といえども大人びた印象を受ける。切れ長のきりりとした目も彼女を美人な雰囲気に印象づけていた。

ただ、俺はちょっとだけ月森が苦手だったりする。

例えば、星野と話しているときも──

「じつは次の期末テストの数学、ちょっとマズくってさ〜」

「それで？」

「ほら、結菜、理数得意じゃん？」

「べつに、得意ってほどじゃないよ」

「まったまた謙遜しちゃって～。こないだの中間良かったじゃん？」

「あれはたまたま」

「一学期もそう言ってなかったっけ？」

「あれもたまたま」

——とまあ、こんなふうに。

とても綺麗な顔と声をしているのに、この淡々とした口調でどこか冷めた感じで聞こえてくる。

お高くとまっているわけでもなく、不機嫌などでもなく、これが月森の基本姿勢。

とにかく愛想がなくて、このどことなく漂うミステリアスな雰囲気——だから俺は彼女のことが苦手なのだ。うちの義妹（いもうと）がわかりやすいやつで助かる……。

「それでね、結菜に理数を教えてもらいたくって～！　上田くんと真嶋くんと一緒に勉強会やらない？」

月森は俺と光惺の顔を交互に見た。

目が合うと、長い睫毛の下の黒い瞳が宝石のように微かに光った。じっと見つめられると不思議とその黒目の底に吸い込まれそうになり、俺は慌てて目線を外す。

月森は星野のほうを向くと、目を閉じて「はぁ～」とため息をついた。

「……わかった」

「やったぁ！　ありがと結菜！　助かるよ～」

「いいって。それよりも離れて」

「結菜、大好き～」

「はいはい……」

目の前で繰り広げられる美少女同士の友情（?）を横目に、俺はやれやれとしながら光惺を見る。光惺も月森と同じようにため息をついて、

「授業始まるぞ……」

と、こいつには一番似合わないセリフをはいた。

――と、あくまでここまでは前兆にすぎない。

日常に少しずつ変化があった俺たち。

気になることはあっても、けっきょくはいつも通りに授業を受け、少し先のクリスマス

に向けてちょっとだけ期待に胸を膨らませていた。
そして『まさかまさかの出来事』が起きるのは、この日の放課後のことである——

12 DECEMBER

12月 3日（金）

もうすぐクリスマス！　あと3週間で終業式！

兄貴と過ごすクリスマスで、ワクワクドキドキ！

でも、兄貴のことだからなにも考えてないんだろうな～、と思っていたら！

もうなにから書いていいか！　ドキドキがヤバすぎっ！

いきなり手を握ってきたと思ったら自分のポケットに入れるとか、なにその不意打ち！「え？　なんで？」って、一瞬驚いちゃって、もうほんと、ああ、もうどう書いていいかわかんない！　とりあえずキャ――！　って書いておく！

しかも兄貴、クリスマスは私と一緒にってマジか！　不意打ち多すぎ！

わかった、私をキュン死にさせる気でいるな？

兄貴をドキドキさせるのは私の特権なのに、なんで最近の兄貴、こんなにイケメンなの!?

こうなったら負けてらんない！　こっちだって兄貴をドキドキさせてやる～！

でも、こんな幸せいっぱいな私に神様は試練を与えようとしてくる……。

神様はイジワルなのかな……？

私は兄貴が大好き！

こんなにシンプルな答えが出てるのに、どうして私と兄貴の日常はこうも複雑で、うまくいきそうなのにうまくいかないんだろう……。

第2話「じつは義妹にまさかまさかの出来事が……」

さて、『まさかまさかの出来事』が起こる二時間ほど前。

放課後、演劇部の部室――ここでもちょっとした『まさか』があった。

俺が部室にやってきてすぐ、部員全員が部室の真ん中に設置されたテーブルに集められた。なにやら重々しい空気が漂っている。

廃部の危機を脱したというのに一体なにがあったのか？

俺含め部員たちが戸惑う中、この重たい空気を惜しみなく垂れ流している張本人は、全員がそろったところでようやく口を開いた。

「二十四日のクリスマス・イブ……終業式の日の昼過ぎからですが……クリスマス会兼二学期お疲れサンタ祭りをやりま～す……」

この世の不幸を全て背負い込んだような顔でそう伝達したのは、我が演劇部の部長こと、とにかく明るい西山和紗である。

今はこれみよがしに暗いが、これが俺にとっての『まさか』であった。

一人で三人分うるさいはずの西山がやけに暗い——そんなことがありえるのか？

かえって不気味である。

「なにか用事があって参加できない人は西山のところまで来てくださ～い……」

——なんと言えばいいか、激しく参加したくない……。

なんだかすごく楽しくなさそうな催しだ……。不幸を共有させられそうだ……。

それよりまず『お疲れサンタ祭り』ってなんだ？

「詳細はプリントにまとめておきましたので確認しておいてくださ～い……。——じゃあ私はちょっくら職員室に行ってきま～す……」

西山はよろよろと立ち上がって部室を出て行った。

さっそく事情を知っていそうな副部長の伊藤天音（いとうあまね）に声をかけてみるか。

「伊藤さん、西山（あいつ）、妙にテンション低いけど、なんかあった……？」

「ええ、まあ……和紗ちゃん、クリスマスのことでちょっと……」

伊藤は苦笑いを浮かべ、声を潜めた。

「じつは、和紗ちゃん、クラスでいつも仲良くしてる友達が二人いるんですけど——」

――今日の昼休み。

『――クリスマスの予定？　あ、ごっめ～ん！　私、カレピくんと予定があって～……』

『うちもカレシと予定があるから、誘ってもらったのにごめんね、和紗～……』

『え、あ、そうなんだね？　カレシくんか～？　いいじゃんいいじゃゃ～ん！　――……で、二人、いつの間にカレシできたの？』

『和紗が合宿行ってるあいだに合コンがあって～』

『うちらそこで知り合った男子から告られちゃってさ～』

『へ、へ～……合コンしたんだね～？　合コンあるとか知らなかった～……』

『ほら、和紗って私らと違って演劇部の部長で超忙しいっしょ～？』

『いいなぁそういうの！　うち、みんなでアオハルするとか超裏山なんだけど～！』

『そ、そうかな～……。私的には、合コンとかカレシとか、そっちが裏山なんだけどなぁ～』

裏山なんだけどなぁ～……けどなぁ～……なぁ～……なぁ～……――

「──ということがありまして……」

──なるほど。

まとめると、裏山か……。

羨ましい……いや、どっちかっていうと「うらめしや～」だな……。

「で、俺たちはあいつの慰霊会兼鎮魂祭に付き合わされることになったのか……」

「あ、いえ、クリスマス会兼二学期お疲れサンタ祭りは演劇部の恒例行事でもともとあったみたいで、今日の昼休みの件がなくてもやるつもりだったらしいですよ？」

「しっかし、あの雰囲気じゃあな～……。参加しないと祟られそうだし……」


──ちなみに、そのあと職員室から帰ってきた西山なのだが……──

「期末テストに向けて来週から部活停止です……。ですが放課後の部室の使用許可はとっておきましたので、下校時刻までは勉強するために使っても大丈夫だそうです……。自主練する人は各自家でやってくだ……くだ……く、だ……さい──」

そこで西山はいよいよ床に膝と手をついた。

「──それで、クリスマス会兼二学期お疲れサンタ祭りの件ですが……クリスマスは……クリスマスは……──クッソリア充どもがぁぁああ～～～っ！　うわぁ～～～ん！」

涙ながらに連絡事項を伝えたが、悔しそうに床を叩いているところがなんとも無様で見ていられなかった。

俺は西山に気を使って（？）話しかけることはしなかったし、周りの部員たちもおろおろと声をかけづらそうにしていた。

ありゃ声かけるのムリだって……。

＊＊＊

部活の中盤、一息つきたかったので伊藤に一言断って俺は廊下に出た。

晶たちが芝居の稽古に励んでいるのを尻目に伊藤と一緒に雑務をこなしていたのだが、なにせやることが多くて敵わない。

伊藤は主に俺の苦手な細々とした物の管理や書類作成、台本の準備などをしてくれている。

一方の俺はというと力仕事がメイン。大道具や小道具の作製が多く、たまにうちで専門家の親父に訊いたりしてものづくりに励んでいた。

まあ、すっかり慣れたものの休憩は大事。トイレを済ませ、自販機の缶コーヒーで一息ついてから部室に戻った。

すると、廊下にひなたがぽつんと佇んでいた。

「あれ？　ひなたちゃんも休憩？」

「あ、いえ……涼太先輩に用があって……」

「俺に用？　なに？」

最近の俺たちの関係からして、ちょっと気まずいが、なるべく明るく振る舞った。

ところがひなたは「あの、その……」と自信がなさそうな感じで口籠る。

さっきまで堂々と主役を張っていた女の子にはとても見えない。

今は自分に自信がない、か弱い女の子。こっちが「頑張れ！」と応援したくなる。

すると、胸の前でちょんちょんと人差し指同士を合わせながらようやく口を開いた。

「ク、クリスマスの件です……上田家でやる、いつもの……」

「あ、ああ、そのこと……？」

朝のうちに光惺には断っておいたが、まだひなたには伝えていなかったな。

「お兄ちゃんからＬＩＭＥが入ってて、その件で私と話したいって……なんですか？」

光惺のやつ、これまた中途半端なＬＩＭＥを……。

そこまで送ったなら俺が断ったところまで伝えてほしかったのだが。

「ごめんひなたちゃん。今年は家族で過ごすことになって、断ろうと思ってたんだ……」

「えぇっ⁉ あ、そ、そうなんですか……？」

「毎年お世話になってたのに、ごめんね……？」

「いえ、そういう事情ならいいんです……。でも、良くないといいますか……」

ひなたが困ったように俯いた。

やはり楽しみにしてくれていたのか、落ち込んだ顔をしているようにも見える。

「だから今年は光惺と二人で楽しんで——」

「あのっ！」

「はいっ⁉」

「だったら二人でご飯に行きませんかっ⁉ クリスマス前に二人きりでっ！」

「え、あ……はいっ⁉」

突然のこの申し出に俺は心底驚いた。

「わ、私とじゃ、嫌ですか……？」

ひなたは顔を真っ赤にしながら、気まずそうにまたちょんちょんと指先を合わせる。

「い、嫌じゃないよ！ わかった、じゃあご飯行こう！」

「は、はい！ よろしくお願いします！ また日にちとか場所はご相談しますね⁉」

俺が「うん」と頷(うなず)くとひなたは急いで部室に入っていった。

――とりあえずひなたちゃんに嫌われてなくて良かった～……。

ひなたからの唐突な申し出に多少気後れしてしまったが、こうして俺はひなたと二人で食事に行くことになった――

＊　＊　＊

「――てことで、クリスマス前にひなたちゃんと出かけることになったから」

部活が終わったあと、俺は晶と結城(ゆうき)学園前駅に向かいながら、先ごろのひなたとの件を報告した。

「兄貴、それって……ひなたちゃんとデートっ⁉」

「違う！　一緒に飯を食いに行くだけだ！」

ひなたは俺のことが好きではないことはわかっている。

単純に、彼女は良い子で、昔から俺のことを信用してくれているのだ。

「でももしひなたちゃんがデートのつもりだったら……」

「やめろ。なんか人から言われると余計に意識しちゃうから……」

　すると晶は「あれ？」と腑に落ちない顔をした。

「でも、ひなたちゃんって……あれ……？」

「ん？　どうした？」

「あ、ううん！　なんでもないのだっ！」

「のだ……？　あ、そう……？」

　晶は真っ赤になって慌てているが、なにかを隠しているのか？

「でも、そっか……。ご飯に誘われたってことは、べつに嫌われてなかったんだね？」

「そこが一番ほっとしたポイントだ……」

「僕はてっきり兄貴がひなたちゃんになにかしたんだと思ってた」

「そんなはずないだろ？　これでもだいぶひなたちゃんには気を使ってるんだぞ？」

「本当かなぁ～？　男友達だと勘違いしてお風呂に誘ったりしてない？」

「んな勘違いするかっ！　五年近い付き合いでなんで今さらっ！」

　冗談半分でそんなことを言ってきたが、とりあえず晶も少し安心したらしい。

「それともう一つ報告があってな――」

　俺は今朝決まった勉強会について晶に話した。

「――ってことで、来週から光惺たちと四人で勉強会をすることになったんだ」

星野が光惺になんちゃらな情報は伝えず、端的に事実だけを話しておいた。

すると今度はなぜか訝しむような視線を向けてくる。

「へ～、女子とね～……。二対二か～……。楽しそ～……」

どうやら勉強会を合コンかなにかと勘違いしているらしい。

「うちのクラスの月森って子が理数得意で一緒に勉強するってだけだからな？」

多少言い訳がましい感じになったが、本当に、なにも、恋愛要素的なものはない。

あるとすれば光惺のほうで、俺は下手に首を突っ込んだことを今さら後悔していた。

――星野さんに助け舟を出したのはあまり良くなかったんじゃないか……？

ひなたにこの件を話すかどうかも迷う。

「ねえ、その月森先輩って可愛いの？　可愛いの？」

俺のコートの袖を引っ張りつつ、プクッと頬を膨らませている。

「可愛いというより美人かな？　文系コースじゃ珍しいけど、理数が得意らしいぞ？」

俺はあっさりと答えたが、晶はさらに面白くなさそうな顔をする。

「むぅ～……。美人の理系女子かよ～……」

「理系女子って感じはしないけどな？　まあ、あまり話したことないけど」

「まあ、ちょっとドライな感じ？　とっつきにくいっていうか、まあそんな感じ……」

──なんとなく晶と最初に出会ったころを思い出した。

そういえば晶も会ってしばらくはとっつきにくいやつだと思ったが、逆に俺からとっつきまくったのであまり気にならなかった。……まあ、弟だと勘違いしていたからだが。

ただ、月森のとっつきにくさとは少し違う。

月森はミステリアスな雰囲気で、どことなく冷めていて、感情をどこかにしまっているようで、晶のような隙や気安さがない──そういうとっつきにくさだ。

「むぅ～むぅ～！　兄貴のその顔、さては月森先輩が気になってるなっ⁉」

晶が素直で可愛くて良かった。……まあ、たまに素直すぎて可愛すぎるのだが。

「いいや、つくづく晶が妹で良かったな～って思っただけだ」

「な、なんだよ、いきなり……！　そんなこと言われても僕は誤魔化されないぞ！　兄貴、その月森先輩のこと──」

「ただお前を褒めてるだけだ。なにも誤魔化してない」

やれやれと晶の頭を撫でると、「もう」と言って、真っ赤になって口を尖らせた。

ただ、晶の頭を撫でながら少しだけ月森のことが気になった。

月森にもそれなりに交友関係はあるようなので、もしかすると女の子の前だけ、友達同士なら、あるいはもっと違う表情を見せるのかもしれないが——

「——月森、もっと笑ったらいいのにな……」

「むぅ〜むぅ〜むぅ〜！　兄貴は美少女禁止ぃ————っ！」

「……はい？　なんで急に禁止令が出た？」

さっきから「むぅ〜」のスリーカウントは気になっていたが……義妹の顔も三度まで？

「兄貴の周りは美少女が多すぎるからっ！」

「それ、自分も含めてって言いたいのか？」

「ぼ、僕は、美少女とかじゃないし！　男っぽいし、誰かさんが弟って勘違いしちゃうくらいだし……、べつに可愛くないもん……」

声が尻すぼみになっていく。

まったく、こっちは可愛すぎて困っているというのに……。

「転校初日に三年からナンパされてただろ？　ひなたちゃんと一緒に校門の前で……」

「あれは、ひなたちゃんが可愛いから」

「それもそうなんだけど、晶だって——」

——と、言いかけたところで、急に誰かが俺たちのところに近づいてきた。

「──あ、やっぱり。姫野晶さん、だよね？　良かった～！　ここで待ってて正解♪」

知らない女の人だ。キャリアウーマン風のスーツ姿の三十～四十代くらい。

おっとりとした美由貴さんとはまた違った美人だ。

──美少女禁止令が発令されたと思ったらすぐにこれか……。

まあ、美少女ではなく美女だし、俺ではなくて晶に用があるらしい。

その晶に目配せすると小首を傾げている。……晶も知らない人のようだな。

「あ、いきなりごめんなさい。私、こういうものなの──」

──と、女性はポケットから名刺入れを取り出すと、手慣れた感じで名刺を取り出して名刺入れの上に置き、そっと両手で晶に差し出した。

晶は「どうも」と名刺を受け取ると、怪訝そうな顔でそれを眺めている。

「君はお兄さんだよね？　たしか、真嶋涼太くんだったかな？」

「はい、そうですが……」

俺も晶と同じように名刺を渡される。おそらくついでなのだろうが、人から名刺を渡されたのは人生初だ。その丁寧な渡し方に「これはどうも」と思わずかしこまる。

「株式会社、フジプロA……？」

頂戴したばかりの名刺に目をやると、聞き慣れない社名の下には『新田亜美』と名前が記されていた。役職には『マネージャー』とあるが……マネージャー？

マネージャーってまさか……!?

「はじめまして。芸能事務所フジプロAの新田亜美と申します。よろしくね。——あ、二人ともちょっとだけお時間いいかな？」

新田さんはそう言って、にこっと笑ってみせた。

——が、まだこの時点では『まさか』の出来事である。

＊＊＊

数分後、結城学園前駅の近くのカフェ。

俺と晶は新田さんとテーブルを挟んで座っていた。

「改めまして、新田亜美です。亜美でも新田でも好きなほうで呼んでくれたら嬉しい。あ、姫野さんのことは晶ちゃんって呼んでもいい？」

「は、はい……」

「お兄さんのほうは涼太くんって呼んでも？」

「あ、はい」

「それじゃあ二人とも、なにか頼む？　ここは出すから遠慮なく選んで――」

新田さんは慣れた感じでメニューを俺たちの前に置いた。

俺たちは水でいいと遠慮したが、それでも新田さんは「お店の人に悪いし、どうせ会社の経費で落ちるから」と言って、俺たちの分のアイスティーも注文した。

「それにしても晶ちゃん、近くで見たら本当に綺麗だね～」

「そ、そんなことは……」

「ううん、本当に綺麗なお顔。スタイルもいいし、ご家族も美男美女揃い？」

「そ、それはどうかと……」

「じゃあ晶ちゃん自身の日頃の努力の賜物か。ちなみにどんなスキンケアしてるの？」

「と、特に変わったことは……」

「ならやっぱり元が良いんだ。こんなに綺麗だとやっぱり学校でモテモテだったり？　お友達たくさんいるの～？」

「いえ、そんなことは……。僕、人見知りで……」

「やだ可愛い！　人見知りのボクっ娘ちゃんか～。――涼太くんもこんなに綺麗で可愛い妹さんがいて羨ましいわ」

「あ、はい、そうですね……」

今度は俺のほうに話を振ってきた。

「涼太くんもとっても素敵だよ？　優しい雰囲気を感じるし、年下から好かれそう」

「そ、そうですか……？」

褒められると悪い気はしないが、一方でどこか胡散臭い。

はたから聞いていて褒め言葉だけでないのには気づいていた。

家族、晶自身、晶の周囲、俺のこと――褒め言葉をまくし立てて、なにが晶にとって効果的な話題なのか会話の糸口を探っている感じがする。

俺に話を移したのも晶の反応を見るためだろう。

間髪入れずにジャブを打つような話し方も、こちらが考える暇を与えない感じ――と、そんな疑いをもって話を聞いていたら、急に新田さんが微笑みかけてきた。

「この喋り方は一種の職業病みたいなものなの。だからそんなに警戒しないでね？」

――っ……!?　この人……。

すっかり見透かされていた。あるいは俺がそう思うように話術で誘導したのか？

わからないが、この人に嘘や下手な駆け引きは通じないような気がする。

「ごめんなさい、私ばっかり話しちゃって。長年こういうスカウトをやってるとついオシャベリになっちゃってね～……」

新田さんは困ったように笑ってみせた。

「じゃあ今度は晶ちゃんたちが質問する番。芸能界について聞きたいことがあればなんでも聞いて。――あ、タレントのスキャンダル系はちょっと困るかな～」

冗談っぽく笑う新田さんを尻目に、俺はさっきから晶の心配をしていた。

晶はこういう人が苦手だ。久々に『借りてきた猫モード』を発動してしまって俯くばかりで、さっきからテーブルの下で新田さんに見えないように俺の手を握って離さない。

だいぶ緊張しているのが晶の手から伝わってくる。

晶は「僕は、特に……」と言ったが、俺はずっと気になっていることがあった。

「あの、じゃあ俺から質問いいですか？」

「なにかな？」

「どうして俺たちの名前を知ってたんですか？」

一瞬、新田さんの目が微かに泳いだのを俺は見逃さなかった。

「初めから俺と晶が兄妹だってことも知ってましたね？　苗字が違うのに、どこでそのことを知ったんです？」

ここぞとばかりに畳みかける。

新田さんが初めからなにかを隠していることには気づいていた。

おそらく名刺は本物だろうしこのスカウトも本物だと思うが、どこか違和感がある。

そもそも、俺と晶の情報がどこからか漏れている気がして仕方がない。

「――はいこれ。じつは私も、花音祭だっけ？　結城学園の文化祭に行ってたんだ」

新田さんが鞄から取り出したのは、俺たち演劇部が花音祭で『ロミオとジュリエット』を公演した際に配ったA3二つ折りのパンフレット。

たしかにそこには演者たちの衣装を着た前撮りの写真やキャスティングが書かれている――が、だからこそおかしい。

「そのパンフレットに書かれているキャスティング、当日になって急きょ変わったんです。俺の名前はどこにも入ってませんよ？」

俺は高校生名探偵のように新田さんの出したパンフレットをビシッと指差す。

遅れてはっと気づいた晶が「さすが兄貴っ！」という顔で俺を見た。

――見たか、晶。これが兄の実力だっ！

ところが新田さんは動揺することもなく、くすりと笑ってみせる。

「そうね、涼太くんの名前がなかったの。それで隣の席で熱心にカメラを回してる男性に訊いたら、『あれは俺の息子です』って嬉しそうに話してくれたんだ。そのとき真嶋涼太くんって名前を知ったの」

「あ、ああ～～……………──なるほど」

かっこつけた手前めちゃくちゃ恥ずかしいっ！　晶も「ダサッ」って顔してるっ⁉

しかも情報源はまさかのうちの親父かよ……！

「ジュリエット役の子がパンフレットの子と違うから、そのこともお父さんに訊いてみたの。そしたら『あっちも俺の娘です』って誇らしそうに」

おいおい、親父ぃ──っ！

「でも、パンフレットの名前が『姫野』になってるし、気になってどうしてなのか訊いたら、涼太くんのお父さんの隣にいた女性、晶ちゃんのお母さんが『最近再婚したんです』っていろいろ話してくれたんだ～」

美由貴さんまでっ⁉

「あ、そういえば晶ちゃんのお母さん、とっても素敵で綺麗な人だった～！　でも、どこかで見たことがある気がするんだけど……私の気のせい？」

話が広がると面倒そうだったので、美由貴さんがテレビ局に出入りしているメイクさんだということは伏せておいた。ついでにうちの親父の仕事のことも。

それにしても、両親から情報がダダ漏れ、垂れ流し……。

自分たちの子供が兄妹で舞台に立って嬉しいからって会ったばかりの他人にべらべら喋りすぎだろ……。

ところで、どこまで話したんだ？　花音祭後に真嶋家でスカウトうんぬんの騒ぎになっていないので、新田さんは素性を言っていないのかもしれないが……。

「ほかになにか質問は？」

「えっと、じゃあ……なんでこのタイミングで晶に声をかけてきたんですか？　花音祭から一ヶ月以上経ってるのに……」

もし晶の才能を欲するなら、公演のすぐあとに声をかけてきてもおかしくない。

それも俺が覚えた違和感の一つだったのだが、

「最近まで他所の事務所にいたの。他所と言ってもうちの親会社なんだけど、フジプロAに出向することになってね～。ここ一ヶ月くらいは引き継ぎでちょっとバタバタしてたんだ」

と、もっともらしい理由だったのでツッコみようがなかった。

「あの、出向ってなんですか？」

「親会社に在籍しながらべつの会社で働くことよ。業務命令でね～、子会社のフジプロA

を盛り上げろって上から言われちゃってね～」

新田さんはとほほと苦笑いを浮かべた。

親会社、子会社、出向――学生の俺には耳馴染みのない言葉ばかりだが、要するに新田さんは上の人の命令でべつの会社で働くことになったということは理解できた。

そしてこの話ぶりからすると敏腕マネージャーなのかもしれない。

そういう感じがこの快活な話し方からひしひしと伝わってくる。

「ま、そう聞くとフジプロAの内情が大変なんじゃないかって思っちゃうかもしれないけど、上の人たちは変化が欲しいみたいなんだ」

「変化ですか……」

「そう、変化。それもうちの親会社やほかの事務所があっと驚くような変化。そのためには起爆剤が必要。――それで前から目をつけていた晶ちゃんに声をかけたってわけ」

晶が芸能事務所を驚かせるような起爆剤に……？

決して俺が言えた義理ではないが、さすがにそれは晶を高く買いすぎなのではないだろうか？

「なんで晶なんです？」

「涼太くんならわかってるんじゃない？」

「え……？」

「君、バルコニーのシーンでセリフ飛んだでしょ？」

ふと、あの時のことが思い起こされた――

『なによロミオのバカ……でも、愛して。私が好きなら、私を、信じて……』

――不覚にも、あのとき俺は自分が演じていることを忘れていた。

綺麗で、切なくて、愛おしくて――あの瞬間俺はジュリエットになった晶にすっかり心を奪われていた。そして、それは俺だけではなかったらしい。

「打ち震えたの……。長年たくさんの俳優のお芝居を間近で見てきたけど、あの瞬間私は心の底からブルッと震えちゃった。そして私はジュリエットに恋をした……」

新田さんはうっとりとした表情で頬を押さえた。

「たぶん、私だけじゃなくて会場にいた人たちはみんなそう。――涼太くんはあのときどうだったの？　晶ちゃんの近くにいて、セリフ飛んじゃったみたいだけど」

「まあ、兄妹ですから、セリフは忘れただけですよ……」

「ふふっ♪　じゃあそういうことにしておこうかな～」

新田さんは俺の嘘を見透かしたように悪戯っぽく笑う。

それから晶のほうを向いて、いっそう目に力を込めた。

「晶ちゃんはもっと大きな舞台でお芝居したいと思わない？」

「お、思いません……」

「どうして？」

「その……イメージが湧かなくて……」

「誰でも最初はみんなそう。私のいるフジプロAは、そういうイメージが湧かない人でもしっかりマネージメントして大きな舞台に挑戦する人を全力でサポートするの。そして新しい自分を発見してもらう会社なんだ」

「挑戦……。新しい自分……？」

「言い換えれば、自分の新たな可能性。自分という人間がどんな付加価値を持ってどれだけの人に影響を与えるか――そういうの、知りたくない？」

「ちょっと、よくわからないです……」

「じゃあもっと簡単に言うね――」

なんだろう、一緒に世界を変えようとか、夢をつくろうとか、そういう聞こえのいい曖昧で抽象的な誘い文句でも言うつもりか？

しかし新田さんはさらに熱のこもった目でこう言った。

「――私は女優姫野晶が大きな舞台に立って活躍しているところを見たい」


俺も晶も思わず「え？」と口にした。

「あなたは全力でお芝居をして、役に入り込んで、自分という人間の新たな一面を探って、そうしてたくさんの人に感動を与える才能がある。私はあの『ロミオとジュリエット』を観て、そう確信したからこうして声をかけさせてもらったの」

今までの言葉が嘘や飾ったものだったかのように、その熱のこもった言葉はなぜかすとんと胸に落ちた――いや、落とされてしまったと言うほうが正確か。

今、この人は正直に自分の気持ちだけを言葉にしている。

どこまでも自分本位。客観性に欠ける。全部大人のエゴだ。

――それなのに、どうしてこんなに説得力があって胸に響くのか？

今までの胡散臭さが嘘のように晴れた。そして俺は今、新田さんと同じように晶が大舞台で活躍している姿を想像してしまっている。

「晶ちゃんはどう？　大舞台でお芝居をしたあと、みんながどんな顔であなたを称賛するか、見たくない？」

晶は困ったような表情で俯く。どちらかというと悩んでいる――ということは、晶はやはり役者の道に興味があるのではないか？　新田さんに触発されて、新しい自分を見つけたい、挑戦したいと思っているのではないか？

「それじゃあ涼太くんはどう？　そんな晶ちゃん、見たくない？」

「あ、あくまで晶が決めることですから、俺の意見は――」

「やっぱり晶ちゃんには自分だけの可愛い妹でいてほしい？」

「っ……!?」

――この人は、本当に遣り手だ……。

今のではっきりとわかった。

さっきの言葉は晶だけでなく俺にも向けられていたのだ。

俺に晶の新しい一面を見たくはないかと、大舞台で活躍している晶を見たくはないかと、そう俺を説得してきていたのである。

なぜなら――新田さんは俺と晶の関係をわかっているから。そういう確証をどこからか得ている感じだ。

自分だけの可愛い妹でいてほしいか？

いてほしくない——俺がそう答えられないことをわかっていてのこの質問だ。

いてほしい——そう答えてしまえば、晶の新しい自分を発見するチャンス、役者としての可能性を奪っているのは兄の俺なのだと突きつけてくるのだろう。

いてほしい——そう答えてしまいたいが、俺はずっと晶のそばにいて知っているから答えられない。

晶には役者の才能がある——そのことを……。

つまり、新田さんは最初から俺の返答は求めていない。俺を黙らせるのが目的だ。だから、力ずくで言いくるめられているようで悔しい。

俺が沈黙したところで、新田さんは不敵な笑みを浮かべて晶のほうを向いた。

「それで、どう？　フジプロAに来てみない？　もちろんご両親の許可が必要だけど、あなたの今のお気持ちは？」

「僕の今の気持ち、今の僕は……——」

俺の手を握る晶の手に力がこもる。

やがてゆっくりと顔を上げると、その目にはいつになく力がこもっていた。

決断したのだろう。

挑戦し、新しい自分を見つけることを……。

「──僕は、兄貴だけの妹でいたいです」

そっか、晶はやっぱり大舞台で……ん？

「「……へ？」」

俺と新田さんは同時に目を点にした。

そのまま時が止まったかのように時間が流れる。

最初に動き出したのは晶だった。

ようやく自分が口にした言葉の意味を理解したのか、晶はみるみるうちに顔を真っ赤にして俯いた。

「あ、いえ、やっぱりそうじゃなく、僕は兄貴に普通の女の子として見てもらいたいって言いますか、妹のままじゃ嫌と言いますか……」

しどろもどろに話す晶を俺は黙ったまま見ていた。

そしてようやく我に返った新田さんが笑顔を引きつらせる。

「晶ちゃん、それって、つまり……」

「は、はい……。僕、これからもずっと兄貴のそばにいたいんです。だから、ごめんなさい……。兄貴以外の人には、そこまで見られたいとは思いません……」

俺は静かに俯いた。

羞恥で真っ赤になった顔を見られたくなかったからではない。

ここまでの俺と新田さんの心理戦的なものが、このブラコン義妹(いもうと)の前だとこうも意味のないものだと思い知らされ、諦めにも似た脱力感に苛(さいな)まれたからである……。

――これが『まさかまさかの出来事』……。

晶がスカウトを蹴った理由は、まさかまさかの俺だった件……。

それでも新田さんは食い下がった。もう一度両親と相談して考えて欲しいと言い、期限を十二月二十五日――つまり、クリスマスに定めた。

しかし、今回断った理由が理由だけに、俺の心境は若干複雑だった。

気をつけなければ、今回の一件が真嶋家の黙示録(アポカリプス)になりそうな気がするのは、俺だけだろうか……?

12 DECEMBER

12月 3日（ 金 ）

学校帰りになんとスカウトされてしまった！

フジプロAの新田さん……優しそうな人だけど、なんか厳しそうにも見える……。

怖い人だけど、良い人だけど、怖い人？ わからぬ！

でもさすがは兄貴というか、新田さん相手にすごく堂々としていた！ かっこいい！

でも、名探偵？ みたいな推理をして新田さんにしてやられたときは、ちょっとダサかったかも……。ダサかっこいい？

とりあえずクリスマスまでスカウトの返事は保留になった。

両親と相談して決めてほしいって言われたけど、先にお父さんに相談しておきたい。

ひなたちゃんの件は兄貴がなんとかしてくれるみたいだからなんとかなりそう。

でも、ちょっと気になりはする……。兄貴を誘ったのって、相談したいだけなのかな……？

兄貴から聞いた話だと、ひなたちゃんの反応から、ひなたちゃんの気持ちは……どっちなのかな？

わからないけど、兄貴ならなんとかしてくれるはず！

そして、ついに私にライバル出現!?

月森先輩というリケジョらしいけど、そっちのほうが心配！

なにが心配かって、兄貴のことだから私のときみたいに勘違いさせないかどうか……

いちおう釘をさしておいたけど、兄貴、ほんと頼むぞ～……？

スカウト、ひなたちゃんの件、月森先輩、あとは２年生のクラス編成か……。

考えなきゃいけないことが多いし、頭の中がパンクしてしまう！

助けて兄貴！

第3話「じつは義妹の件を義妹の父に相談することになりまして……」

「フジプロA？　──知ってるよ。富士見プロモーションって芸能事務所の子会社だ」

十二月四日、新田さんと会った翌日の土曜日。

その日の昼下がり、俺と晶は『洋風ダイニング・カノン』で建さんと会っていた。

ここは晶と美由貴さんと初めて顔合わせした店。あのころと比べ、店内の趣はすっかりクリスマス仕様になっている。

ただ、正直今の俺と晶はクリスマス気分どころではない。

「で、そっからスカウトされたのか？」

「うん、これ──」

建さんは晶から名刺を受け取ると、サングラスの下の眉間にしわを寄せて「ふ〜ん」と無精ヒゲの生えた顎をさする。

特に驚いた様子もなく、渡された名刺をテーブルの上に置いた。

「親父さんと美由貴にこの件は？」

「まだ。母さんたちには今晩二人揃ってるときに話そうかなって」

「親父や美由貴さんから大変な世界だって聞いたことがあるので、真嶋家で話す前に役者の建さんからいろいろと意見を聞きたくて」

昨日新田さんからも説明は受けたし、そのあと俺たちなりにネットでも調べてみた。

しかし、実際はどんな事務所なのか、どんな世界なのかを関係者からも話を聞きたいという話になった。

そこで、映画やドラマに出演したことがある建さんなら、そのあたりの事情に詳しいのではないかと訊いてみることにしたのだ。

まあ、ドラマといっても建さんは任侠映画を中心に出演する俳優もとい役者さんで、トレンディーさの欠片もない、ヤクザ風の強面。目つきは鋭く、身体も屈強。これで街中を歩かれた日には子供が泣いてしまうかもしれないほど。

俺はすっかりこのビジュアルに慣れてしまったが、周りのお客さんたちは俺たちのほうを見てひそひそとなにかを話している。

おおかた、借金をつくって逃げた親の代わりに、俺たち兄妹が借金取りから詰め寄られているように見えるのかもしれないが、建さんはただの子煩悩で心配性。

悪い人ではないが、悪そうな人に見られるように、今もこうして役作りを徹底している真面目な役者さんなのだ。……たぶん。

その健さんに事情を説明すると「なるほどな」と納得した顔でつぶやいた。

「お前ら、富士見プロモーションって名前なら知ってるだろ？」

「うん」「はい」

「業界じゃ『御三家』って呼ばれててな、俳優の富士見プロモーション、アイドルのシャイニングプロダクション、芸人の吉川興業っていうトップスリーが業界を牽引してる」

「吉川興業って、お笑いで有名な、あの？」

「テレビによくシャイプロのアイドルが出てるよね？」

「ああ。その二つと肩を並べてんのが富士見プロモーションだ。お前らが普段観てるドラマや映画に出てる俳優の大半はここの事務所だな」

「じゃあやっぱりすごいところなんですね？」

「すげぇなんてもんじゃねぇ。業界じゃかなり力を持ってるところでよ、この不況の中、雨後の筍みてぇにポンポンと子会社を建てやがった。名が売れてるところだと、ミューズスタジオ、ネクステッドG——で、フジプロAってところか」

——想像のはるか上をいった……。

テレビで活躍しているモデルやアイドル、歌手などの所属する事務所の名前ばかりだ。

「子会社と言っても、どれも業界じゃかなり勢力を伸ばしてやがるな。最近じゃ海外とも手ぇ組んでなにかデカいことをおっぱじめるみてぇだ」

組の抗争と勢力図――ではなく、たぶん建さんは大真面目に芸能事務所の説明をしている。間違ってもカチコミをかける相手を選んでいるわけではない……。

ただ、そう思わせてしまうのは、この人の風体とこの独特の話し方のせい。

ないとは思うが、そのうち晶が真似しないか心配になる……。

「お父さん、その親会社とか子会社ってなに？」

「ひと括りに芸能人っつっても、アイドルやら芸人やら俳優やらいろいろジャンルがあるだろ？　富士見プロモーションはそういうのを子会社で分けて運営してるんだ」

「どうして？」

「もしお前がモデル兼テレビタレントになりたいならどうする？」

「えっと、そういうタレントさんがたくさんいる事務所に入るかな……」

「どうしてだ？」

「そっち方面に強そうだから。事務所の実績があるほうがいいんじゃないかな？」

建さんはサングラスの下で鋭い眼を光らせた。

「そうだ。富士見プロモーションだったらミューズスタジオに入っちまったほうが情報も仕事も回ってきやすい。で、会社側から言えば同じジャンルのタレントを一か所にまとめたほうがマネージメントしやすいからそれはそれで都合がいい。――で、さらに子会社に事務所を運営させてそっから親会社が利益を吸い上げちまったらボロ儲けよ」

最後、なんて悪い顔をするんだ、この人は……。

「えっと……子会社が運営を頑張れば、親会社が儲かるってことですか？」

「ま、そういうことだな。事業拡大戦略の一つで、実質親会社が裏で糸を引いてるみてぇだけどよ。――まあ、細かいことを話し出したらきりはねぇが、デカい金庫の中で金銀財宝をごちゃまぜに眠らせておくよりは、金は金、銀は銀、宝石は宝石でその道のプロに預けちまったほうがいい。利益っていう金の卵付きで返ってくるからな」

建さん、次は金融ドラマに出るのだろうか？　借金取り役とか……。

「話を戻すと、フジプロＡは映画、ドラマ、舞台って感じで俳優に特化してるところだ。で、バックには超大手の富士見プロモーションが鎮座してるから安泰ってわけだ」

「それでも、もしフジプロＡの経営がうまくいってなかったらどうなるんですか？」

「んなもん会社を売るか潰すかのどっちかだろ？」

「え……？」

俺は動揺して手にしたカップを思わず落とすところだった。

「そうならねぇために親会社がいちおうテコ入れする。タレントを移籍させたり、有能な社員をつけたりしてな。人材の有効活用ってやつだ」

言い方がなんちゃらの帝王みたいにいちいち物騒で、事務所って言い方もなにかべつの事務所を思い起こさせるが……まあいい。

「出向も、そのうちの一つですか？」

「ん？　そうだが、お前、よくそんな言葉知ってんな？」

「ええ、まあ……」

「ま、子のケツを叩くのも親の役目だ。事務所を盛り上げるために子会社に社員を出向させることもある。べつに珍しいことじゃねぇ」

そうして建さんは一通り説明し終わると、満足げに晶のほうを向いた。

「それにしても晶、すげぇところから声をかけてもらったな？　真嶋には悪いが晶のファン第一号は俺だぞ？」

建さんが冗談交じりに笑いながら言うと、

「無理無理無理無理無理無理〜〜！　やっぱりそんなの無理だよ――――っ！」

と、晶は激しく首を振った。

「無理って……。その新田ってやつからも話を聞いたんだろ？　そういうところは関連会社で芝居のレッスンやらなにやらちゃんとしてるから大丈夫だ」

「でも、なんか怖いよ〜……。そんなおっきなところで僕なんか通用しないって……」

晶は首を縮こめた。自信がない上に相手が想像以上の大手だったことで余計にプレッシャーに感じているのだろう。

……というよりは、建さんの説明にビビったのか？　建さんに話を聞いて失敗か……。

「自信がねぇのはわかった。──で、返事はどうした？」

「断ったけど、両親と話してもう一度考えてみてほしいって……」

「スカウトの常套句だな。──で、なんで断った？」

「だってこんな僕じゃ無理だもん……」

「じゃあ、晶……芝居は好きか？」

「お芝居は、好き……。いろんな役を演じてると楽しい。でも、それは演劇部のみんなとやるからで、それに──」

晶はすがるような目で俺の顔をじっと見つめてくる。

すると建さんは「なるほど」と納得したように俺のほうを見てふっと笑ってみせた。

「そばに兄貴がついてるからか？」

「うん。兄貴、僕が頑張ればいっぱい褒めてくれるんだ。だからもっと頑張ろうって思うし、やっぱり演劇部のみんなや兄貴と一緒にいないと僕はダメなんだと思う……」

建さんは「そっか」とつぶやき、視線を手元のコーヒーに向けた。

「建さんはどう思いますか？　晶が極……じゃなくって、芸能界に入ることを……」

建さんはさっきっから否定的ではない。肯定的に捉えているような感じにも見えるが、実際はどう思っているのか気になる。

芸能界で辛酸を嘗めている建さんはむしろ否定的な立場だと思っていたのだが……。

建さんはコーヒーを苦そうに口に含むと、ほうと静かに息をはいた。

「その前に真嶋、昨日のことを詳しく話してくれ。俺の話はそれからだ」

「そうですね。それじゃあ──」

俺は昨日の子細を健さんに話し始めた──

＊　＊　＊

「──という感じでした……」

建さんに昨日のことを伝え終えると、晶は急に「お手洗いに行ってくる！」と言って、顔を真っ赤にしながら席を立った。

昨日のことを思い出して恥ずかしくなったのだろう──って、おいおい、この状況で建さんと二人きりかよ。

「真嶋……」

「はい、なんでしょう……？」

恐る恐る建さんの顔を見ると、またコーヒーを口に含み、ふっと笑った。

「愛されてるじゃねぇか……」

……。

…………。

…………。

なにをそんなに安心しきった顔をしてるんだ、この人は……。

「いやいやいやいや、終着点はそこじゃないでしょ？」

「そこだろ。大手のスカウト蹴ってまでお前を選んだだろ？　愛だろ、愛」

「だから本当にそれでいいんですか？　せっかく役者の才能があるのに！」

「本人が望んでねぇんだ。だったら無理に推す必要なんてねぇじゃねぇか」

「いや、でもですねぇ～……」

「なんだ？　お前は晶を芸能界(こっち)の道に進ませたいのか？」

「いえ、そうではなく……。うまく言えないんですけど、自分のこれからを左右することなのに、俺を基準にして決めてしまうのは違うと思うんです。たぶん晶自身、自分に自信がないのもあると思うんですが、断る理由がちょっと……──」

理由がもっとべつのものなら俺も納得できた。それなのに、まさか引き合いに出されるとは思っておらず、今の俺はたぶん混乱しているのだと思う。

それに、昨日の晶のあの反応は……迷っていた。

スカウトを断る前にひどく躊躇っていた気がする──いや、きっとそうだ。

演劇部で活動している晶を傍目に見ていたら、あいつの成長ぶりは著しい。素人の俺でもわかるくらい演技のレベルが上がっている。本人も芝居が好きだと言っていた……。

もちろん、さっき俺や演劇部のみんながいるからと話していたが、晶の本心は、やはりこのまま役者の道に進みたいのではないか……──

「……晶、迷ってるみてぇだな」

俺は思わず「え?」と返した。

「目を見りゃわかる。──内心じゃ、あいつは役者になりてぇって思ってるはずだ」

「じゃ、じゃあ──」

「まあ待て。真嶋、お前の言いたいことはだいたいわかる。──でもな、今のあいつにはそこまでの気概はねぇ。最初からやる気のないやつにやる気を出せってケツを叩いてもらえるほど、役者の道は甘くねぇんだ」

ずっしりと言葉の重みを感じた。

さっきまでの建さんの説明は、たぶんわざと怖がらせるように言って、晶の覚悟を試したのだろう。親というより役者の立場として。

本気で役者の道に進みたいのなら、自信がないなどと言っていられないから……。

「それもわかりますけど、晶にとってはものすごいチャンスなんですよ？」

「それがチャンスかどうか決めるのはあいつだ」

「でも、俺のせいでチャンスを棒に振っちゃうかもっていうのはさすがに──」

──学生で、なんの力もない俺にはそこまでの自信がない。

「あいつにとっちゃお前はもう人生の一部だ。お前のそばにいられないことのほうが人生を棒に振るって思ってるんだろうな」

「だから、俺は──」

「いいか真嶋。お前があの山であいつを命がけで守ったって聞いたぞ？　だったら今度も全力であいつを受け止めろよ？　大事なのは男としての覚悟だよ、覚悟。とっさのときにそれができて、なんで普段はできねぇんだ？」

「あれは、俺が年上で、兄貴だから、必死だったわけで……」

「年上とか兄貴とか、んなもんどうだっていい。大事な女を守るためだったんだろ？　お互いの矢印が同じ方向向いてんだったらそれでいいじゃねぇか」

「向いてません。平行線ですよ、俺たちは……」

建さんは呆れたようにため息をついた。

「お前も晶と一緒で自分に自信がねぇだけだ。大見得を切ったらいい」

「オオミエヲキル……？」

「役者の世界じゃな、自分のいいところを見せようとして無理な振る舞いをすることを『大見得を切る』って言うんだ」

「見栄を張る、と違うんですか？」

「違う。見栄を張るってぇのは自分の自信のなさを隠すためにうわべや体裁だけを整えるだけのことだ。自分のいいところを見せようとしてるんじゃねぇ、ただの見せかけ、ただのかっこつけ、ただの偽物だ」

なんとなく違いは理解した。けれど――

「――だったら俺、大見得を切れるぐらい自信のあるものなんてなにもありません……」

「あるじゃねぇか。大見得を切れるぐらい自信のあるもんが……」

「なんです……？」

建さんは大きく息を吐いてからゆっくりと口を開いた。

「――この世の中で誰よりも晶のことを大事に思ってるって自信だ」

「え……？」

「じゃなきゃこんなに晶のために悩んだり考えねぇだろ？」

「それは……か、家族だからです……」

「も一つ家族をつくりゃあいい。お前と晶でな……」

そう簡単なことではない。俺はだんだん苛立ってきた。

「他人事だと思って、んないい加減な……」

「いい加減じゃねぇ。親父としてあいつのためを思って言ってる！」

「だったらもう少し晶の将来をちゃんと考えてあげてください！」

「……なんだと？」

「……なんですか？」

お互いにカチンとなって睨み合った。

建さんの顔はものすごく怖いが、俺もここで引くわけにはいかない。

「お前、俺の娘に不満でもあんのか⁉　ねぇよな⁉　あんなに可愛(かわい)いもんな⁉」

「そりゃ可愛いですよ！　可愛いからこっちは困ってるんじゃないですか！」

「困るほうがおかしいだろうがっ！　そのまんまあいつを受け入れろよっ！」

「晶は家族なんです！　そう簡単な話じゃないんですって！」

「義理の妹だろうが！　若造(わかぞう)だったらなりふり構わずに突っ走れ！」

そこからお互いにぜえはあと息をしながら睨み合った。

まさに一触即発——と、そこに天使のような銀髪の可愛い店員の女の子がやってきて、

「お客様、ほかのお客様もいらっしゃるのでもう少しお静かに。うるさくしたら、めっ、ですよ？」

と、顎の下あたりで人差し指を『×』に交差させた。

俺と建さんは可愛い店員さんの可愛らしい仕草に思わず照れて押し黙る。

「お互い、冷静になりましょうか……？」

「だな……。店員さん、迷惑かけてすまねぇ……」

天使みたいな銀髪の店員さんは天使のような笑顔でペコリと頭を下げると、店の奥に行

ってしまった。

天使がいなくなったあと、むさ苦しい男二人だけが残された。

トイレに行った晶もまだ帰ってこなくて気まずい。それでもなにか話すべきか……。

「あの……晶の名前の由来を聞きました。晶と建さんの思い出の場所にも行きました。ちょっとトラブルはありましたが、星が本当に綺麗で、良い場所でした……」

「……そうか」

「素敵な思い出ですね。晶に晶って名前をつけた理由がわかりました――」

――あと、俺が建さんのことを嫌いになれない理由も、なんとなく……。

「まあ、もっと女らしい名前のほうが良かったんじゃねぇかって思うよ。晶子とか……」

「今の、絶対適当ですよね？」

「いや、俺が通ってるスナックの名前だ」

なんだかおかしくなって二人で笑ってしまった。少しだけ空気が解れる。

「さっきは言いすぎてすみません……」

「いや、俺も大人気なかった、すまん……」

「一ついいですか？　前から気になってたんですけど……」

「なんだ？」

「どうして晶を置いてまで役者の道にこだわったんですか？」

建さんは困ったようにガシガシと頭を掻いた。

「……二十代に美味しい思いをした。そのときの味が忘れられねぇだけだ」

「美味しい思いってなんですか？」

建さんは悪役みたいな顔で笑った。

「『お』のつく三つの言葉――お酒・お金・オンナだよ」

――なんだ、けっきょくそこか……。

まあ、晶の前ではちゃんとした父親をやっているわけだし、過去を咎めるつもりはないが――

「――本当に、たったそれだけの理由で今まで続けてきたんですか？　家族を措いて……」

すると建さんは、

「……それだけだよ。ま、ダメな親父ってことだな」

と言って、一瞬寂しそうな顔を浮かべた。

それだけの理由ではなさそうだが、たぶんそれ以上訊かれたくないのだろう。

「これでもVドラじゃ主役を張ったこともあるんだぜ？」

「あの、Vドラってなんです？」

「ビデオドラマ――まあ、映画館じゃなくてレンタルビデオ屋に向けてつくった映画だよ。VHSってわかるか？」

「いえ……」

「ま、今じゃDVDやブルーレイってやつが当たり前だが、その前はVHSっていうデカいカセットテープが家庭用で普及してたんだ。で、Vドラってやつが一時期流行（はや）った。学生の時分はそいつをよく観（み）て憧れたもんだ。――俺も『Vドラの帝王』になりてぇってな」

建さんは良かった時期を懐（なつ）かしんだあと、今度は苦虫（にがむし）を噛（か）み潰したような顔をした。

「大学を出たあとはドラマや舞台のちょい役の仕事をもらいながら、いつか一旗揚（ひとはたあ）げてぇって思ってたんだ。――で、撮影所で親しくなった監督から降板した俳優の代わりにって主役の仕事がもらえた」

「建さんにとって、それがチャンスだったんですね？」

建さんは「いいや」と首を横に振った。

「端（はな）っからチャンスなんてもんは俺にはなかった」

「でも、今、主役って……」

「Ｖドラはタイタニック号……最初から落ち目の業界だったんだよ。そんなことも知らずにデカい船だから安全だと思って乗り込んだら、不景気って氷山にぶつかって一緒に沈んじまった……」

「逃げ遅れたんですね……」

「ああ……。それでこの体たらくだ。沈んじまったまま四十を過ぎて、浮き上がろうにも身動きがとれねぇ――」

そこで建さんは諦めたように大きなため息をついた。

「――真嶋、お前の言う通りだ。チャンスはそう簡単に回ってこねぇ。チャンスすらない人間もいる中で、あいつはずいぶんとデカい船を用意してもらった。しかもなかなか沈まねぇ船だ。乗らない手はねぇだろうな……」

「じゃあ――」

「ただよ、最終的に乗るか乗らねぇか決めるのはやっぱり晶だ。もしあいつのケツを叩きてぇなら、お前も覚悟を決めろ」

「なんの、覚悟です……？」

「道は二つに一つ。あいつにチャンスを摑ませたいんだったら――」

建さんはふぅと息をはき、俺を真剣に見つめた。

「——晶を、きっぱりとお前から諦めさせろ」

その瞬間、心臓がギュッと摑まれた感覚になった。

「っ……⁉　それは——」

「わかってる、今のは極端な言い方だ。俺が家族じゃなくて役者の生き方を選んだみてぇに、二択にしたってだけで、それ以外の道だって探せばあるかもしれねぇ」

「だったらほかの道を——」

「ただよ、お前だってわかってるんじゃねぇのか？」

「なにを、です……？」

「晶を陸に繋いでんのが自分だってことぐらい」

「それは——」

——昨日のスカウトを蹴った理由もそこだった。

晶の選択には俺が含まれている。この期に及んで関係ないふりはできないだろう。

「あいつはべつの世界に行くことを恐れちまってる。一度航海に出ちまったら二度とお前のところに引き返せねぇかもってな」

逆に、それは俺にとっても怖い。

航海に出た晶が、新たに居場所を見つけて二度と帰ってこないのではないか。

たとえ戻ってきても、そのときの晶はもう以前の晶ではないのではないか。

俺のことを、もう兄貴と呼んでくれないのではないか。

せっかく近づいた俺たちの距離が――そう考えてしまうこと自体が、晶を縛っていることなのだと、陸に引き留めているのだと、過保護なのだと自覚しながら。

「ま、なんにせよ……俺ができるのはあいつの選択を見守るだけだ」

「建さんは、晶が芸能界に行くこと、賛成も反対もしないんですね……？」

「ああ。このままぬくぬくと陸にいてもいいし、思い切って船に乗って航海するのもいい。俺は親父として必要なら手を貸してやる。それをあいつが望んだったらな」

「できたら俺もそのポジションがいいんですけど……」

「前にあいつを猫可愛(ねこかわい)がりしすぎだっつったたろ？　で、あいつはすっかりお前なしじゃ生きていけなくなった。環境が大事だとも言ったが、晶にとっちゃお前があまりに温室すぎたのかもしれねぇな……」

返す言葉が見つからない。

今回の件は、他人任(まか)せにできない問題なのだと建さんに突きつけられた気がした。

今まで俺は晶の世話を焼き、甘やかすだけ甘やかして、俺から離れられないようにしてきた。それなのに今回のチャンスを棒に振って欲しくないと望むのは俺のエゴなのかもしれない。

そうやって振り回されたぶんだけ傷つくのは晶のほうなのに……。

「お前、晶に惚れてるか？　──これ、前にも訊いたな？」

「前にも訊かれましたが、やっぱり、家族ですから……」

「かぁ──っ！　お前ってやつはこんだけ晶に想われてんのに相変わらず堅いなぁ！」

建さんはもはやお手上げと言わんばかりに両腕を上げた。

「お前がウンって言っちまえばまるっと解決するのによぉ……」

「堅くてすみません……」

「よし、やっぱ俺がオネーちゃんのいる店に連れてってやる！」

「はぁ!?　だからなんでそうなるんですかっ!?」

俺が真っ赤になって拒否すると、建さんは「そうだ」と言って顔を明るくした。

「お店が嫌ならグラビアアイドルの子を紹介してやるぞ？」

「え……？　グラビア……？」

「このあいだドラマのクランクアップがあったんだよ。晶から聞いてないか？」

「ああ、ケーブルテレビの？　それは聞いてましたが……」

建さんがニヤリと口の端を上げた。なんて悪い顔なのか……。

「で、共演した『山城みづき』って新人の子が主演なんだが、撮影の合間にあの話をしたんだ。山で遭難しかけたお前が命がけでうちの娘を助けたんだぞって」

「そんな、勝手に――」

「そしたらよ、お前のことすごくかっこいいって言ってたぞ？」

「え……？　グラビアの人が、俺を、かっこいい……？」

「齢も十七でお前とタメって言ってたな？　住んでる家もこのあたりなんだとよ」

「へ、へぇ～……」

グラビアの人が御近所さんに住んでいるのかと、ちょっと気になりもするが……。

「バスト92のEカップだったか」

「っ……!?　お、大きさは関係ありませんよ！」

「でも、昔から言うよな？『Eカップは良いカップ』って」

「し、知りませんよそんなことっ！」

するると建さんは急に大真面目な顔になって人差し指を立てた。

「ここで問題――十四世紀、イタリアのジョバンニ・ボッカチオの代表作といえば？」

「えっと〜、『デカメロン』……って、ちょっと――っ!」

読んだことはないが、デカメロンはそういう作品ではないはず……。この人はなにとなにを関連づけようとしてるんだ……。

「まあまあ、そんなに怒るなって。――今度その撮影スタッフと一緒に飯を食いに行くんだがその子もくる。で、どうだ? 俺の身内ってことでお前も一緒に?」

「い、いやぁ〜、俺は、べつに……」

「飯を食いに行くだけだ。遠慮すんな――」

「遠慮とかじゃなく、そういうのは〜――」

「――その話、僕も交ぜてもらおうじゃないか?」

「げっ……」

「晶……」

毎度のことながらなんて間が悪い……。

「お父さん、前にも注意したよね? 兄貴に変なこと教えるなって!」

「ヒィッ! お、俺はべつに変なことはなにも〜……」

「言い訳しないっ！」

「は、はい……」

いい気味だと思ったら、今度は俺が睨まれた。

「で、兄貴はデカメロンが好きなの？　そういえば僕より母さんのほうチラチラ見てる気がするけどデカメロンだから？　収穫時期を見極めてるの？　そうなの？」

「そうじゃない！　見てない！　建さんがいきなりアホなこと言い出して――」

「安心しろ晶！　お前もいつか美由貴みたいにバインバインになるから――」

「兄貴もお父さんもバカバカバカ――――っ！」

そのあと銀髪の天使は舞い降りず、俺と建さんだけでむくれた晶をなだめすかすのに時間がかかったのは言うまでもない。

とりあえず、この三人の中で一番怒らせたら怖いのは晶だとわかったところで、俺たちは帰ることになった。

それにしても「新人」「グラビア」「山城みづき」「デカメロン」か……。

あとでググってみ――

「……兄貴、今、なに考えた？」

「いえ、なにも……」

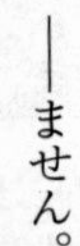

——ません。

12 DECEMBER

12月 4日（土）

久しぶりにお父さんに会った！

スカウトの件を相談するためだけど、お父さん的には私次第って感じみたい。

断るつもりだけど、お父さんの話を聞いて余計に怖くなっちゃった……。

フジプロAがそんなおっきな事務所だと聞いて怖い……。

なにかあったら全部責任は私にってなっちゃうのがやっぱりムリ、そう思った。

あとお父さん、また少し痩せた？ 最近はドラマの撮影が終わったばかりで
一段落ついたみたいだけど、いい歳なんだし、ムリしてほしくないな……。

お父さん、あのときの約束頑張って果たそうって必死なのはわかるけど、
さすがに体が心配……。

って、そんな感じで心配してたら……デカメロンだと？

お父さん、また兄貴を変なお店に連れて行こうとしたり、グラビアアイドルの人を
紹介しようとしたり、ほんっとそういうとこ！ あと私に失礼！

気になったから『山城みづき』で検索してみたんだけど……。

うん、デカメロンだった。胸の谷間にホクロがあるのもセクシーだった。

しかも綺麗で大人っぽいし、これで私の一つ上とか大人すぎないっ!?

兄貴、まさか検索してないよね……？

う～ん……。

でも、スカウト、ほんとにどうしようかな……。

第4話「じつは義妹と義妹の親友について相談しまして……」

建さんと会った日の夕方、宣言通り両親にスカウトの話をすることになった。

いつも通り夕飯を食べ、そのまま四人で食後のお茶を飲みながら相談をすることになったのだが──

「それで晶、俺たちに相談ってなんだ？」

「珍しいわね、私たちに相談なんて？」

「そうだな。いつもなにかあれば涼太に相談してるのは知ってるが……」

「わかった、二年のコース選択のことでしょう？　文系に進むか理系に進むか。このあいだ学校から希望用紙をもらってきてたわよね？」

「え？　俺、それまだ見てないけど？」

「三学期に三者面談があるんですって」

「そういや涼太も去年あったなぁ。今回はみんなで押しかけちゃうか？」

「あらあら、そんなことをしたら先生がお困りになるわ～」

──とまあ、親父たちが勝手に盛り上がっていて晶もなかなか切り出せない様子だ。

フジプロAの新田さんのスカウトの件は、やはり晶は断るつもりでいる。自分の自信のなさと、家族——俺から離れるのがどうしても嫌なようだ。

だから、相談というよりは報告に近いもの。

いちおうスカウトは断ったし、次も断るつもりだとそう伝えるだけなのだが、建さんに気軽に話したときとはわけが違うみたいだ。

一方の俺はまだ頭の中がこんがらがっていた。

このあと晶から両親にスカウトの話をして、その成り行きに任せたいところだが、先ごろ建さんが言っていた言葉がどうしても頭から離れない——

『——晶を、きっぱりとお前から諦めさせろ』

もしもチャンスを摑んでほしいと言うのなら、晶を説得する材料が今のところそれしか見つからない。

とはいえ、晶には俺のそばにいたい云々の話は両親にしないように言い含めておいた。

そこはせめて、俺ではなくて家族のそばにいたいと言ってくれと。

俺が引き合いに出されれば、真嶋家の黙示録になりかねないし……。

「あの、進路のことなんだけど！」

と、いきなり晶が切り出した。

緊張する。晶のことに対して緊張してしまうのは俺が過保護だという証拠なのかもしれないが、それでも、やはり緊張してしまう。

「どうした、晶？」

「なにか希望でもあるの？」

晶は両親にじっと見つめられて苦笑いを浮かべ、いよいよ——

「その……僕、文系か理系かまだ決め切れてなくて〜……」

——って、そっちね……。

「女の子って文系を選ぶほうが多い気もするけど、太一さんどうかしら？」

「そうだなぁ……。まあ、成績次第なところもあるだろうけど、けっきょくは将来晶がなにをしたいかじゃないか？」

「そうね〜。——晶は、大学でなにがしたいの？」

結城学園でいうところの進路とは大学進学のほぼ一択。就職や専門学校に進む人は稀だ。

文系か理系か——コース選択はその大きな分かれ道になる。

「僕、べつに、まだなにも……」

「そうだよなぁ、高一でやりたいことがあるほうが珍しいのかもなぁ……」

「涼太くんはどうして文系コースにしたの？」

「あ、えっと、俺の場合は──」

──俺は文系・進学クラス。理数系科目より文系科目が得意なので（いちおう理数が嫌いという理由ではない）、文系コースの進学クラスを選択した。

そもそも進学クラスにしたのは、特進クラスは難関大を目指す成績優秀者の聖域なので、俺程度の学力では到底及ばないと思ったからだ。

まあ、無理に勉強するよりも、指定校推薦がもらいやすいと噂の進学クラスに進んだほうが楽なのでは？　という打算があったのもあるが……──

「──得意科目を生かして指定校推薦で大学行けたらなぁって、そんな感じです」

「じゃあ、大学でやりたいことはないの？　将来もまだ決めてない？」

「ええ、特には……。とりあえず大学に進んで、そこでやりたいことを見つけられたらいいなと思いまして……」

「そっか～、そういう考え方もあるのね～……」

美由貴さんは「う～ん」と口元に指を当てた。

「そういえば美由貴さんは専門学校卒業ですか？」

「ええ。私、学生のときは勉強が苦手だったこともあったんだけど、中学生のときからずっとやりたいことがあったの」

「美容系の専門学校ですか？」

「それがね〜、じつはブライダル。花嫁さんの着付けとかヘアメイクね」

「え、そうだったんですか？」

意外だった。てっきり、ずっとメイクアップアーティストとして芸能界で働いているものとばかり思っていたが。

「親戚のお姉さんが結婚するときに、式場でお着替えをするところを見ていたの。もともと綺麗なお姉さんだったんだけど、お姫様みたいにどんどん綺麗になってくのを見てブライダルのお仕事に憧れたのよ」

なんだか美由貴さんらしいと思ったら、今度は失敗した子供のようにてへへと笑う。

「でもね、二年くらいで辞めちゃったの。ブライダルの現場って想像以上に大変なところで、なかなかうまくいかないことが多くて……」

「それから、なんでまたメイクの道に？」

「たまたまうちの式場をご利用なさった女優さんと仲良くなって、彼女のお知り合いの伝手でお仕事を紹介してくれたの。そこからドラマやテレビ番組に出るタレントさんのメイクを担当することになって、すっかりお仕事にハマっちゃって――」

――と、美由貴さんは最後まで「結婚」も「離婚」も口に出さなかったが、年齢的にはおそらくそういう忙しい時期に建さんと知り合ったのだろう。

仕事で建さんと出会い、結婚し、晶を産み、八つまで育てて、価値観の違いで別れた。

そこから一人で晶を育て、スーパーのパートをやりながらメイクの仕事もこなし、苦労に苦労を重ねて現在に至る。

美由貴さんは食卓でそういう苦労話をいっさいしない。

いつも明るい話題を振りまいて、親として、大人として、子供の前では努めて苦労の色を出さないようにしている――そういう強い人なのだ。

美由貴さんの話を聞きながら、俺はそんなことをぼんやりと考えていた。

＊＊＊

ひと通り美由貴さんがこれまでの経緯を話すと、最後にいっそう楽しそうな表情を浮かべた。

「今のお仕事は好きよ。有名な女優さんといろいろお話ができるし、その女優さんのお役に立てたら嬉しいの」

うんうんと頷きながら聞いていた親父が口を開いた。

「今や業界じゃ有名なメイクアップアーティストだもんな。事務所がないのに口コミでどんどん人が集まってくるんだ。美由貴さんの頑張りが実を結んだわけだってことだな」

「ううん。私の努力というより、晶のおかげよ」

晶が小首を傾げた。

「僕の？　僕、なにもしてないよ？」

「そう。晶はわがままを言わなかったの。そうしてママにお仕事をさせてくれたから、仕事にも打ち込めて、こうして太一さんと出会って再婚して、涼太くんにも出会えたのよ」

美由貴さんは幸せそうに微笑んだ。

すると親父も「それは俺も一緒だ」と言って俺を見た。

「銭湯から帰る道だったか……。お前があのとき俺を辞めさせなかっただろ？　それからもお前はわがままも言わずに俺に好きな仕事をさせてくれた。再婚だって大賛成だったしな？」

——まあ、「きょうだい」ができると聞いて、弟ができるかもと喜び勇んだのもあるが、結果的に本当に良かった。弟でも妹でもなく、晶と家族になれたことが……。

「だからね、太一さんと私で、結婚するときにこれだけは決めていたの」

親父と美由貴さんはにこにこと互いの顔を見ながら思い出すように話し始める。

「もし、涼太も晶もわがままを言いたくなったらどんどん言っていい」

「今までわがままを言わなかったぶん、どんどん甘やかそうって」

「なにかあってもあとのことは俺たちがなんとかする。金の心配も要らないくらい俺たちがしっかり稼いでやる」

「親として今までのぶんを受け止めるって」

俺と晶もなんだかこそばゆい気分で互いの顔を見合わせた。

そんな俺たちの様子を親父と美由貴さんはにこにこしながら眺めている。

わがままを言えと言われても、今の満ち足りた生活以上を望むのは贅沢（ぜいたく）なのではないかと戸惑ってしまう。嬉しいし、ありがたいし、けれどなぜかこそばゆい。

——たぶん、なにかを伝えるのはこのタイミングだ。

俺は晶に「ほら」と言って、スカウトの件を話すように促した。

「あのね、母さんたちに相談したいことって、コース選択のことじゃないんだ……」

親父と美由貴さんは「え？」という顔をした。

「じゃあ、いったいなんの相談だ？」

「遠慮せずに言ってみて？」

晶はひと呼吸おいて切り出した。

「うん……。あのね、フジプロAってわかる？」

親父と美由貴さんは戸惑うように互いの顔を見合わせる。

「知ってるもなにも、今俺んとこが関わってる映画の主演さんがそこの事務所だな……」

「私の専属のお客さんじゃないけど、知ってる女優さんなら何人か……」

「僕、昨日学校から帰るとき、そこからスカウトされちゃった……」

一瞬親父と美由貴さんは目を点にして固まった。

次第に理解が追いついてきて、驚きと戸惑いの表情になる。

「スカウトって、あのスカウトのことか……？」

「しかもフジプロAに……⁉」

「断ったけど……」

「「断った⁉」」

驚きの声が重なった。

「うん……。でも、もう一回両親と相談して決めてって……」

「それで、どうするの……？」

「やっぱり断ろうと思うんだけど……」

「そ、それはどうしてだ……？」

　親父と美由貴さんはさっきから顔を赤くしたり青くしたりと忙しない。

　さっきは「受け止める」と言いながら、この事態が受け止められるキャパをすっかり超えてしまったようだ。──まあ、芸能関係に携わる二人がこれだけ取り乱すということは、それくらいフジプロＡは相当大きな事務所ということなのだろう。

「僕、今の生活が好きなんだ」

「今の生活？」

　美由貴さんが首を傾げる。

「母さんがいて、親父がいて、兄貴がいて、学校だとひなたちゃんや演劇部のみんながいて、そういう楽しい今の生活が僕は好き──」

　現状維持。

　晶は今の生活を選んだ。

　俺を引き合いに出すまでもなく、晶にとっては今の生活が本当に好きなのだろうと言葉の端々から伝わってくる。……新田さんにも最初からそう伝えてほしかったな。

「──だからね、僕は今のままでいいと思って……そんな感じ」

ゆっくりと話す晶の言葉を親父も美由貴さんも遮ることはなくどこか複雑な面持ちで聞いていた。晶が話し終わったあともしばらく黙ったままなにかを考え込んでいた。

親父は「そうか」とつぶやくように言ったが、それ以上なにかを言うことはしなかった。

美由貴さんもなにも言わず静かに席を立った。

ただ、そのときの表情がどこか寂しそうにも見えて、それが少し気になった。

＊＊＊

「ふひぃ〜〜〜……。緊張したぁ〜〜〜……」

親父たちにスカウトの件を話した後、俺と晶は俺の部屋にやってきた。

部屋に入るなり、晶はまだ電源を入れていないこたつに潜り込んで首だけをひょっこり出している。

「やっぱり母さんたち驚いてたね？」

「そりゃそうだ。自分の娘に大手の事務所からスカウトの話がきたんだ。しかもスカウトを蹴ったわけだし、さすがに驚くだろ」

「兄貴はさっきの二人の反応、どう思う？」

親父と美由貴さんの顔を思い返した。

「まあ、反対しているふうには見えなかったけど、断った話をしたときは複雑そうだったな」

「僕もそう思った。二人とも僕にスカウトを受けたらいいのにって思ってるのかな？」

「まあ、美由貴さんはどうか知らないけど、親父はもう少し考えてみてもいいんじゃないかと思ってるかもしれないな」

「そっか……」

俺は一つ気になっていたことを訊いた。

「晶自身は、本当にさっきの意見で良かったのか？　今のままでいいって……」

建さんと話してみてわかったことだが、やはり晶は役者の道に興味を持っていて迷っているような感じだった。

一方で、両親に伝えたとき「今のままでいい」と言った晶の顔には、どこか遠慮が混じっていた。美由貴さんの手前、建さんと同じ道に進みたいとも、迷っているとも言えなかったのだろう。

「うん……。じつは迷ってるんだよね……」

「迷ってる？」

「兄貴のそばにいたいって気持ちが一番なんだけど、スカウトを受けたら兄貴と過ごす時間が減っちゃうから、やっぱり嫌なことは嫌なんだよね……。でもさ──」

晶はため息をついた。

「──もし、兄貴を抜きに考えたら……」

「……聞こうか」

晶は一つ頷いて、自分の頭の中から言葉を手繰り寄せ始める。

「母さんたちにはああいうふうに言ったけど、母さんの話を聞いて、ちょっと思ったんだ。母さんが最初ブライダル関係の仕事をしてたって……」

「ああ。ブライダルを辞めてそのあと今の仕事って言ってたな？」

「僕、お父さんに憧れてたんだ。役者のお仕事……」

「へぇ～、なんでまた？」

「ドラマの中で、お父さんはなににでもなれた。悪役にも、しっかりした人にも、ちょっとダサい人にも……そうやって役者の仕事を楽しんできたんだと思う」

それは俺も建さんから舞台のＤＶＤを借りて観たときに思った。

「最初はお父さんみたいに演劇で人見知りが克服できたらいいなって思ってたんだけど、今はシンプルにお芝居が本当に楽しくて仕方がないんだ。お父さん、こんな気持ちでやってたのかなぁって思ったりして」

晶は演劇の話になったとたん目を輝かせた。心から楽しいと思っているのだろう。

「それにね、母さんは一度ブライダルの道を目指して、実際になって、やってみてダメだと思ったからべつの道を選んだんだよね？　つまりそれって、あとからでもべつの生き方を選択できるってことじゃない？」

言われてみるとその通りだと思った。

役者になったら一生役者かと思ったが、それは建さんの選んだ道であって、それ以外の選択肢だってあってもいい。途中で辞めて一般人になるのも有りだ。

「そうだな。理想と現実ってギャップを埋めるのが難しいって聞くけど、それでもやっぱり実際やってみないと、自分に合うかどうかわからないからな」

「だから、せっかくのチャンスだからって思うところもあったんだけど……」

「あったんだけど……？」

「やっぱり僕で大丈夫かなって不安もあるんだよね～……」

晶は困ったようにてへへと笑った。

俺のそばにいたい――でも役者への憧れがある――やってみないとわからない――でも自分に自信がないと頭の中が行ったり来たりなのだろう。

やりたいこととできることは違うから……。

「兄貴は？　賛成？　反対？」

「俺か？　俺は……――」

迷いと不安が入り混じっているようなつぶらな瞳がこちらを見つめてくる。

「――俺も、もう少し考えてみてもいいんじゃないかって思う」

「どうして？」

「……まあ、なんとなく」

晶は腑に落ちない顔をしていたが、やはり俺も迷っていた。

建さんや親父、美由貴さんと今日話してみて、いろいろと思うところがあった。

建さんは肯定も否定もしなかったし、親父と美由貴さんもそれぞれ思うところがあってそれを口にできずにいるように見えた。

もう少し自分の中で考えを整理してから晶に伝えるべきだと思う。

「返事はクリスマスでいいって新田さんも言ってたし、それまではもっとじっくり考えてみてもいいんじゃないか？」

「うん……。じゃあ、もう少し考えてみるね……」

晶はため息をつくと、スマホのディスプレイを眺めた。通知を確認してからまたため息をつく。今日はソシャゲをする気分でもないらしい。

「スカウトの件は置いといて、僕、もう一つ気になることがあるんだよね～……」

「なんだ？」

「ひなたちゃんのこと。兄貴、本当に大丈夫なの？」

スカウトの件があってすっかりそちらに気を取られていたが、たしかにひなたの様子も気になる。

「一緒に飯を食いに行くだけだろ？　心配ないって」

「本当？　なんで兄貴のことを誘ったと思う？」

「なんでって……俺と飯を食いに行きたいから？」

「そんなに単純じゃないって……。ご飯に誘った目的はそれだけだと思う？　なんで誘ったのが兄貴なの？　ひなたちゃんの最近の様子を見ててなにか思うところない？」

――ふむ。

言われてみて考えてみる。

たしかにここ最近のひなたの様子はぎこちなかった。俺と距離を置きたがっていたようにも見えたし、話しかけると顔を真っ赤にしたり……いや、待てよ？

そうかっ！　つまり、そういうことかっ⁉

「見えたぞ晶！」

「わかったの？」

「ああもうバッチリ見えたぞ――」

――夏休み前、まだ晶たちがうちにやってくる前に、晶の部屋の片付けをした。

そのとき上田兄妹にも手伝ってもらったのだが、彼らに「飯を奢る」と言っておきながら俺はすっかり忘れてしまって、夏休みがすぎ、二学期が始まって、けっきょく奢ることになったのは九月の中旬あたりだった。

じつは、そのあいだひなたはちょこちょこジャブを打ってきていた。

俺と光惺が一緒にいると、さりげなく存在をアピールしてくる。わざわざ二年の教室にやってきたり、階段のところで新しいシュシュを見せにきたりしたこともあった。

けっきょくのところ、「奢って」となかなか言い出せない性格のひなたは、俺が思い出すのをずっと存在をアピールしながら待っていたらしい。

俺は気づけなくて、最後に光惺がキレてようやく真相がわかったのだが……。

つまり、俺に気づけというサインだ。

だから今回も――

「──ひなたちゃんはやっぱり俺に飯を奢ってほしいんだっ！」

「だから絶対違うって言ってるじゃないか────っ！」

晶がこたつから飛び出て叫んだ。

「びっくりするほど違うよ兄貴⁉　びっくりしすぎて腰抜かしそうになった！　なんでそっちなのっ⁉　もっとほかにいろいろあるじゃん！　なんにも見えてないよそれっ！」

「いやいやいやいや、それしかないって！」

「あるよ、たぶん！　探せばなんかもっとほかにもいろいろ！　ていうか、どうしてひなたちゃんをそんな食いしん坊キャラにしたがるのさっ⁉」

──ふむ。それもそうか……。

しかしそうなると本当によくわからないな。

ひなたとの会話をよくよく思い出してみるが──あ、そうか！

花音祭（かのんさい）の前くらい、うちで晶とひなたがお料理対決をした日があった。その帰り道、食事に誘われた件については、光惺の相談をするためだと聞いていた。

どうしたら光惺が、子役時代の、前のような優しいお兄ちゃんになるのかと。

そのことは花音祭のときに解決したと思っていたし、先月の家族旅行兼合宿で話した時も特段光惺のことで悩んでいる素振りはなかった……。

まだ、光惺の件は解決していないのか？

それとも、合宿直後になにかべつの問題が発生した？

「やっぱりわからんな……。やっぱ光惺がらみかな、今回も？」

「どうして兄貴が関係してるのかが今回のポイントじゃない？」

「そりゃあもちろん……」

「もちろん？」

「わからん」

「ダメだこりゃ……」

わからないけれど誘われた以上は行くよりほかはない。

とりあえず俺としては、食事程度で申し訳ないが、今まで散々お世話になってきたひなたにお礼をしなくては、という思いが強いのである。

「やっぱり今の兄貴だと心配だな～……」

晶は悩むように眉間にしわを寄せた。

「とにかく、ひなたちゃんと話すなら兄貴はもうちょっと女心について勉強しておくべき！　恋愛偏差値を上げないとダメだよっ！」

と、今度は人差し指をピンと立て、小さい子を叱る口調になった。

「恋愛偏差値って……。なんのために?」

「恋愛偏差値を上げて女心がわかればモテる前に回避できるでしょ?」

ああ、な～るほど……──

「──って、逆だろ⁉　普通モテるためにみんな必死で恋愛偏差値上げるんだろっ⁉　回避してどうすんのっ⁉」

「兄貴の場合は逆!　鈍感なのに人をキュンってさせちゃうから、気づかないうちに兄貴を好きな子を大量生産しちゃうんだぞっ!　ひなたちゃんまでキュンキュンにしちゃったらどう責任取るのさっ!」

「んなことあるかっ!　断じて、これだけは、悲しいけど、はっきり言うが、俺はモテん!　キュンなんてもってのほかだっ!」

「僕はどうなのさっ⁉　兄貴が大好きすぎてもうキュンキュンなんだぞっ!　学校にいても家にいてもずっと兄貴のことで頭がいっぱいなんだよ、こっちは!　責任取ってよ!」

…………。

「それは～……なんていうか、すまん、ありがとう……」

謝罪なのか感謝なのか、俺は頭を下げるしかなかった。

ただ、この気持ちはなんだろう？　叱られた（？）のに、キュンとした……。

「晶の言い分はわかったけど、ひなたちゃんとはただ友人として話すだけだって……」

「恋の悩みを打ち明けられたらどうするの……？」

「そ、それは……まあ、じっくり話を聞いてあげることくらいしか……──」

──やっぱり自信がなくなってきたな……。恋愛相談なんて俺には無理だ。

自信なく項垂（うなだ）れる俺を見て、晶は大きなため息をつく。

「まあ、ひなたちゃんならたぶん大丈夫だと思うけど……僕的には月森（つきもり）先輩のほうが気になる……。兄貴が美人って絶賛した人が兄貴にキュンキュンになったりでもしたらっ⁉」

「そっちもないから安心しろって……。月森はそういうの興味なさそうだし、あと俺は絶賛してない」

「ほんとかなぁ……？」

「本当だって。──そりゃあそうと、けっきょく俺とひなたちゃんが二人きりになるのはいいんだよな？」

前は食事まで許すと言っていたが、今はどうなのか？

「僕は、もしひなたちゃんが悩んでいるなら助けてあげたいんだ」

はっきりとそう口にしつつ、晶の顔はなにか悩んでいるように見えた。

「上田先輩はいつも通りスルーしてるっぽいし、ひなたちゃん、僕にも思っていることを話してくれない……。でも、ひなたちゃんの様子を見ていたら、たぶん兄貴にだけなにか伝えたいことがあるんだと思う」

「俺に伝えたいこと？　なんだよ？」

「それがわかればいいんだけどなぁ～……」

「まあ、光惺が言ってたみたいに直接訊くしかないだろうし、俺がなんとかするよ」

「頼んだよ、兄貴。ひなたちゃんのことよろしくね？」

「わかってるって――」

――と、言ってはみたものの問題が山積してきた。

晶のスカウトの件を筆頭に、二年のコース選択の件やらひなたの件。

俺的には今度の期末テストで光惺と一緒に数学をなんとかしなければならない。

それに関わって光惺と星野の件もあるし、月森は……まあ特に問題はなさそうだが、晶は気にしているようだし――と、クリスマスまでに解決しなければいけない問題が多すぎる。

晶と楽しいクリスマスを迎えるためには、これらの問題を解決しなければならない。

まずはなにから手をつけたらいいか——まあ、なんとかなるか。クリスマスまであと二十一日もあるし、あと三週間で……——いや、本当になんとかなるのか、これ……？

能天気に言ってられる状況ではない気もしてきたな……。

12 DECEMBER

12月 4日（ 土 ）

家に帰ったあと、スカウトの件を話した。

母さんも親父も驚いてたけど、母さんはやっぱりって感じの反応。

たぶんお父さんのことを思い出してしまうから、反対なのはわかるけど、なにかは言ってほしかったな……。

私としては母さんの話を聞いて、ちょっと気持ちが傾いた。

兄貴にも話したけど、お父さんに憧れがあってやってみたい気持ちもある。でも、やっぱり自信はないし、ほかにもいろいろ考えなきゃいけないことがあるし……。

私のスカウトの件は兄貴もまだ迷ってるみたいだけど、兄貴の気持ちを聞いてから最終的に決めたい。

ひなたちゃんのことも気になるところ……。兄貴鈍感だし、大丈夫なのかな……？

ひなたちゃんを助けたい気持ちはあるけど、私としては兄貴がひなたちゃんをキュンキュンにしちゃわないか心配なのです……。

まあでも、ひなたちゃんなら大丈夫か。

私が思っている通りだったら、ひなたちゃんは……。

ううん、ひなたちゃんは大事な友達。

だから、困ってるなら、ひなたちゃんを助けてあげたい！

今回の件は兄貴にしか解決できないことっぽいから、兄貴にお願いするしかない。

だから兄貴とひなたちゃんを信頼することにした！

兄貴は、私とひなたちゃんのために頑張ってくれるみたい！

でもでも、月森先輩のほうは放っておいても大丈夫なのかな……？

兄貴が月森先輩をキュンキュンにしないかどうかだけ心配しておこう……。

頼むぜ兄貴、恋愛偏差値を上げてくれ。……私以外にモテないために！

第5話「じつはクラスメイトと勉強会をすることになりまして……」

なんにせよ、行動しないと始まらない。

週明けの月曜日、十二月六日。

この日の放課後から俺と光惺、星野と月森の四人で勉強会することになっていた。

面子が面子だけにだいぶ気を使う。

企画立案者の俺としては全部放っぽり出して逃げたいくらいなのだが、そうも言っていられないので四人で机を合わせて勉強会を始めていた。

この勉強会の狙いは大きく分けて二つ。

一つは、俺と光惺と星野の数学をなんとかすること。……ガチでヤバい。

もう一つは、星野が光惺にアプローチできるように関係を進展させること。

二つ目のほうは完全に俺のお節介。けれど、成り行きでもこうなってしまった以上は、星野を少しでも後押ししてあげたい。

きっと光惺の気持ちは傾かないだろうが、せめて星野が次のステップに進めるように、告白までのあいだはそれとなく肩入れすることにした。

ちなみに前後半で教科を分け、今日の前半は英語、そして後半は俺たち（月森以外）の苦手な数学をやることになっていた。

「涼太、ここの問題だけど――」

「ああ、ここはな～――」

「――そっか、なるほど。サンキュ」

「おう」

案の定、光惺は俺に訊くばかりで星野と月森には目もくれない。

一方の月森は一人だけマイペースにさらさらとノートにペンを走らせている。

そこで初めて知ったのだが月森は左利きだった。

消しゴムを使うときは右手を使い、両方の手をなかなか器用に使いこなしている。いちいち持ち替えないから時間のロスにもならないのかもしれない。

字も几帳面で綺麗だ。

中学のとき国語の先生が漢字・ひらがな・カタカナは右利き向けにできていると言っていたが、月森のノートを見て、右利きでも文字が汚い俺はどうなんだと素直に疑問に思うほどだった。

そうしてなんとなく月森の手を見ていたら、月森がふっと顔を上げた。

「なに？」

「あ、いや、左利きなんだなって思って……」

「日本だとだいたい十人に一人。そんなに珍しくないでしょ？」

月森は面白くなさそうにそう言うと、また視線をノートに落とす。

横髪を耳にかけ、こんな問題さっさと終わらせてしまおうと言うように、ペンの走る速度がさっきよりも速くなっていた。

――やっぱりこの人は苦手だ……。

そうして月森は星野から訊かれたら答えるに徹し、こちらにはほとんど関心を示さない。

その星野はというと、さっきからなにかを言いたそうな顔でこっちをチラチラ見ていて勉強に手がついていない。

なんというか、べつのところに意識がいって集中できない勉強会だ。

「涼太、こっちは？」

「ん？　ああ、すまん。俺もわからない。――そうだ、星野さん？」

「えっ⁉　あ、はい！」

「光惺、この問題がわからないんだって。悪いけど教えてあげてもらっていい？」

「あ、うん！　わかった！」

星野の顔がいっそう明るくなった。

やや緊張気味な笑顔だが、机から身を乗り出して光惺に教えようと頑張っている姿は見ていて微笑ましく思える。

光惺も教えてもらう立場だからか、星野に対して嫌そうな顔はしていない。

「──そっか。サンキュ」

「うん！　えへへへ〜」

嬉しそうな星野を見て、俺はべつの意味で心の中でガッツポーズをとった。

今までの俺だったら二人の会話を邪魔しないように黙ってばかりいたが、こうして繋ぐことができたのは俺にとって大きい変化かもしれない。

──よし、この調子でどんどん星野に振っていくぞー！

「涼太、ここの問題は？」

「そこは星野さんに訊いてみて」

また星野が喜んでるな。よし！

「涼太、ここさっぱりなんだけど、どういうこと？」

「そこも星野さんに……」

……ん？　あれ？

「ここ、わかんねぇ」

「星野さんに訊けよ」

なんか、これ……。

「涼太、さっきから星野にばっか振ってね？」

「ああ、うん。悪いな……」

——やっぱりいつもの光惺と同じだ……。

星野へのアシストというより丸投げ。

俺はこのままだとこいつと同じただの丸投げ野郎になってしまう。

まあ、星野は嬉しそうだからそれでいいのだけれど、ひなたも同じなのだろうか？

「じゃあここからは俺が教えるから」

「えぇっ⁉」

星野があたふたとし始める。

「で、でも、私もたぶんわかるし、上田（うえだ）くんに教えられるから、だから……！」

——完全に抜かった～……。

そんなつもりなんて微塵（みじん）もなかったのに、ついこの丸投げ野郎になりたくない一心で自分を主張しすぎたか。

「やっぱ俺も微妙だし、星野さんにお願いするよ……」

結論。

勉強会はいろいろと気を使って集中できない……。

＊＊＊

前半の英語が終わり、後半の数学の前に小休憩を挟むことになった。

「俺、ちょっと飲み物買ってくるわ」

光惺が財布を持って立ち上がる。

「あ、上田くんちょっと待って！　私も行く～！」

光惺の背中を追うようにして星野がついていった。

その場面はまるで少女漫画の一場面のようで、やはり美男美女だと絵になるが、そんな
呑気（のんき）なことは言ってられないか。

とりあえず、星野が告白しやすいぐらいに二人の距離が近づいてくれたらいいのだが。

そんなことを思っていると、

「……恋愛脳」

と、隣からポツリとつぶやく声が聞こえてきた。

このうんざり感が混じったような綺麗な声の主はやはり月森なのだが……恋愛脳？

「真嶋くんも大変だね？」

「えっと、なにが……？」

「もしかして、自分から面倒なこと引き受けるタイプ？」

月森はわかってるくせにと言いたげなため息をついた。

複雑な言葉のジグソーパズルをやらされている気分で解釈に手間取るが、要するにアレか。光惺と星野のことを言っているのか。

「えっと、どうかな？　妹からは優柔不断で八方美人って言われることもあるけど……」

「そうなんだ」

苦笑いを浮かべても月森は表情一つ変えず、また面白くなさそうにため息をつく。

「月森さんは知ってるの？　星野さんが光惺のことをってやつ？」

「知ってる。脈なしってことも」

「それなのに協力してるんだ？　こうして勉強会に付き合ってあげたりして……」

「真嶋くんも一緒でしょ？」

「まあね……。星野さんには頑張ってもらいたいけど……」

「なんで？」

月森は俺を不思議そうな顔で見た。

……まあ、でも、たしかに、考えてみるとなんでだろう？

「う〜ん……」

「自分でもわからないの？」

「まあ、星野さんを応援したいっていうかさ……。星野さん、光惺のことが本当に好きで頑張ってるの、よく目にするから放っておけないというか……」

「……やっぱり変わってる」

頑張ってる人を応援することが変わっていることだとすれば、スポーツの応援団はただの変わり者集団になってしまうのでは……？

「そこまで他人に肩入れしなくない？」

「肩入れほどはしてないけど……」

「千夏（ちか）、べつに友達でもなんでもないよね？」

「まあ、そうなんだけどね〜……頼まれたわけじゃないし……」

突き詰めるような言い方でもないのだが、こう淡々と言われると自分がやはり変わり者のような気がしてくる。

「でも、俺の妹がよく言うんだ。『ハッピーエンドしか勝たん』って。だから星野さんにもハッピーエンドになってもらいたいなって思って……。ただ、それだけで」

「他人でも？」

「他人でも」

「そっか……」

なにに納得したかはわからないが、月森は教室の片隅に目をやった。

そこは、俺と月森が一学期に座っていた席があった場所。たまたまそっちを向いただけかもしれないが、月森は無言のままそちらをじっと眺めている。

──よくわからない人だ……。

向こうからすると俺のこともよくわかっていないのかもしれないが、今の会話でとりあえず俺の変人認定は済んだのかもしれない。

まあ、今回の勉強会は俺たちが仲良くなる目的ではないので変人扱いされても構わない。

ただ少し、気になることがあった。

「月森さんは、どうしてこの勉強会に参加してくれたの？」

「千夏や真嶋くんたちが数学が苦手だから教えてって言ったから」

「まあ、そうかもだけど、本当にそれだけ？」

「……千夏のことを言ってるなら、私は特に肩入れしてない」

質問の意図がお見通しか。

いや、月森に対しては、もっとストレートに訊くべきなのかもしれない。

「月森さん的には、光惺と星野さん、うまくいってほしい？」

「難しいと思う。光惺くんにその気がないから」

「いや、可能性の話ではなく、月森さんの思いとして」

月森は顎先に細い指をおいて少し考える仕草を見せたが、

「わからない」

と、ひどくあっさりとした答えが返ってきた。

「そ、そっか……」

少し残念に思った。

星野の友達ならここはうまくいってほしいと答えてほしかったが、気持ちの無理強いはできない。そもそも月森は他人事として捉えているのだろう。

「でも、思っていることを伝えたいと思うのは大事だと思う」

俺は思わず「え？」と返したが、彼女は特に表情を変えずに続ける。

「真嶋くん、『アレシボメッセージ』って知ってる？」

「アレシボ……？　いや、聞いたことないな……」

「一九七四年十一月、プエルトリコのアレシボ天文台から宇宙に向けて発信されたメッセージのこと」

記憶力がいいのか、月森はさらっと口にする——が、俺も歴史マニアの端くれ。世界史は難しいが、日本史ならそれくらいはできると思う。

まあ、月森に対抗心を燃やすつもりはないが、知らない話なので気になった。

「なんで宇宙にメッセージを？　誰に向けて？」

「地球外知的生命体、つまり宇宙人に向けて」

おっと、なんだか興味深い話になってきた。

ただ、月森のこの淡々とした口調だと、彼女自身興味があって話しているのかわからない。ヒストリーチャンネルのように事実だけを読み上げている感じにも聞こえる。

「なかなかSFチックな話だな。——それで、メッセージにはなんて？　『ワレワレハチキュージンデス』みたいな？」

喉をとんとん叩きながら、地球人なのに宇宙人の声真似をしてみせたが、月森の表情は変わらない。……まあ、わかっていたことだけど。

「当たらずも遠からずってところかな？」

「あ、じゃあ正解に近いのか？」

「送られたメッセージは『0』と『1』の組み合わせの二進数」

「じゃあ完全に外れじゃないか、それ……？」

俺はだいぶ呆れたが、月森は首を横に振った。

「ううん。そのメッセージを解読すると、数字や太陽系の図、地球の位置、人間の姿とDNAの構造なんかが一覧になってるの。だから地球人の紹介という意味では正しいかな？」

「へ〜、『0』と『1』だけでそんな複雑なメッセージを送れるんだな？」

感心しながら言うと、月森は珍しくないと言った。

「身近なものだとコンピュータ。『1』をオン、『0』をオフに置き換えて電気信号を表すことができるから」

知らなかった。二進法がそんな用途で使われていることもそうだが、あんな複雑な機械が単純な二つの数字で動いていたとは。

いや、『0』と『1』が多くなれば複雑になるのか……？

「……私の話、つまらなくない？」

「いや、興味深い。もっと教えて」

「やっぱり変わってる」

その理屈だと話している本人も変わり者だと認めているのだろうか……。

「アレシボメッセージの続き。全部で１６７９個のデジタル信号で、23と73の素数をかけたもの——つまり、素数が理解できる知能があれば、受信したメッセージを読み解くことができるってわけ」

……なるほど。

「じゃあ俺は知的生命体じゃないな……。送られても読み解くことできないから……」

「そもそも送られたことに気づけないかも。真嶋くんの場合、鈍感だし」

「ひどっ⁉」

そこで月森は切れ長の目をやんわりとさせ——くすりと笑った。

その瞬間、俺は思わず「あ……」と、声を漏らしてしまった。

月森の笑顔を初めて見た。

控えめで、優しくて、どこか落ち着くような笑顔だった。

余計なお世話かもしれないが、普段からそうしてたらいいのに、と思ってしまう。

けれど何事もなかったかのようにすぐに元の表情に戻る。

もう少し、月森の笑顔を見ていたかったのだが……。

「だから、私はここにいるよって、ムダかもしれないけどメッセージを送り続けることに意味はあるかもしれないって思う」

「なんかそれ、恋愛脳っぽい話だな」

「そうかも。恋愛脳っぽいね」

まさか理数系の話がこんなにロマンチックな展開になると思わなかったが、俺はなんだか少しだけ理数系に興味が湧いてきた。

それから月森が理数系が得意だという理由がなんとなくわかった。

単純に、彼女はそういう話が好きなのだと思う。

「それで、宇宙人にメッセージは届いたの？　なにか返事はあった？」

「きたよ」

「えぇっ⁉」

冗談で訊いたのに、真顔で返されてしまった。

「二〇〇一年にイギリスの天文台の近くにミステリーサークルができたんだって」

「宇宙人、いたんだ……？」

「ううん、さすがに誰かがやったジョークだったみたい」

「なんだよ……」

俺が気が抜けたように笑ってみせると、月森はまたくすりと笑い、

「……やっぱりムダじゃないのかも」

とつぶやいた。

「えっと、なんの話？」

「伝わらないと思っていた相手と交信できた」

「え？　それ、誰のこと？」

「………千夏と上田くん」

ちょうどそこに光惺たちが戻ってきたので勉強会を再開した。

後半は数学だが、月森と休憩時間に話したおかげか、だいぶ質問がしやすくなった。

月森は相変わらずの淡々とした口調だったが、もう苦手ではない。

ちょっと変わっているところもあるが、きちんと笑顔にもなる。

最初とっつきにくくて話しかけるのも難しいと思っていたが、俺は最初から気持ちが伝わらない相手だと誤解していたらしい。

反省した。

そうしたら今度は逆に月森に興味が湧いてきた。

そこでちょうど終わりの時間を迎えてしまったので、明日からは俺からメッセージを発

信して月森と交信を試みようと思った。

＊＊＊

勉強会が終わり、いったん光惺と教室で別れてから、俺は演劇部の部室に向かった。

晶を迎えに行くついでにひなたの様子を直接この目で確かめたかった。

──思っていることを伝えたいと思うのは大事だと思う、か……。

部室に向かう廊下で、ふと思い返した。

さっきの月森の言葉を聞いた件もあったが、よくよく考えると不思議な言葉だ。

伝えたいと思う、というのは、必ず伝えなくてもいいということ。

伝えられないことも世の中にはある。伝えないという選択肢もある。

けれど、伝えたいと思うなら、あとは行動に移すかどうかは意志の問題。

もしかすると月森も、伝えたいとは思っていても伝えられないことがあったのではないか。もしくは今でもあるのではないか──そこではたと足が止まった。

──真嶋くんの場合、鈍感だし……？

晶や親父に言われたことは何度かあった。

でも、月森はそれほど親しくないのに、なぜ俺のことを「鈍感」だと言ったのか？

それも「鈍感そう」ではなく「鈍感」と知っていたように……。

その理由がわからないままに部室の前に到着し、俺は扉の取っ手に手をかけた。

そして扉を開くと──


「「「あっ……」」」


──中から一斉に視線が集まったのだが、俺は目を疑った。

「え……？」

なぜか、女子たちが下着姿だったのである。

もちろん、こういうときの対処方法は知っている……。

「……すまんっ！」

一言謝って俺はすぐに扉を閉めた。途端に中からキャー、ワーと女子たちの悲鳴が上がったが、そこはやはり女子更衣室ではなく演劇部の部室……やらかした。

晶、西山、伊藤、そしてひなた……。

高村、早坂、南は制服だったが──いやいや、冷静に思い出している場合ではない！

——数分後。

「見ぃ～……たぁ～……なぁ～……——」

クリスマスに彼氏ができないままこの世を恨んで亡くなった演劇部部長の悪霊——ではなく、悪霊みたいな西山に俺は詰め寄られていた。

「見ました、すみません……」

「もう～！　毎回毎回どうして先輩はタイミング悪いんですかっ！」

「いや、鍵もかかってなかったし、いつもの『お着替え中』の札もかかってなかったし……」

女子ばかりの演劇部ではこういうこともあるだろうと、普段部室で衣装に着替えるときは『お着替え中』の札と施錠をするのが慣例だった。……ちなみに、札を作ったのは俺である。

しかしなぜか今日に限ってそれがなく、ついいつもの調子でガラリと扉を開けてしまった。

……そして、見てしまった。

「モロに見ちゃいましたよねっ⁉」

「まあ、一瞬だけ……」

しかしそのときの光景がしっかりと脳裏に焼き付くぐらいには見てしまった。

「まあまあ……。和紗(かずさ)ちゃん、私たちが悪いんだよ?」

「そうなんだけど、そうなんだけど～～！　ううっ～～～！」

伊藤があいだに入ってフォローしてくれる。ありがたい……。

「先輩は大人だから私たちの下着姿になんか興味ないよ。――ですよね、真嶋先輩?」

などと言いながら伊藤は俺と晶の顔を交互に見る。

晶のなら興味があるだろうとでも言いたいのか……?

ふむ……。なにか誤解があるようだ。

「きょ、今日のはたまたまですっ！」

「……たまたま?」

「今日のは子供っぽいやつですけど、普段はもっと大人っぽいのなんですっ！」

なんの自己申告だ、それは……。

ただ、このとき俺は、世の中には見せられる下着と見せられない下着があるということを知った。……今日の西山のやつは後者であったらしい。

「ううっ……。それにしてもなんで真嶋先輩にばっか……」

「仕方ないよ。真嶋先輩はそういう星のもとに生まれた人だから……」

「伊藤さん、それは違うぞっ⁉」

思わずツッコんだが無視されてしまった。

「天音、全然仕方なくないよっ！　だってまだ彼氏にも見せたことないんだよっ⁉」

「……和紗ちゃん、彼氏いたことないでしょ？」

「天音！　それを言っちゃあお終いでしょっ⁉」

――やれやれ……。

なんだか気まずい気分になりながら晶とひなたのほうを見る。

晶は「これだから兄貴は」という呆れ顔で、ひなたはひなたで顔を真っ赤にしている。

ただ、ひなたは俺のことを嫌っているふうには見えない。

一緒に出かける手前、ひなたから嫌われるのは避けたかったが、とりあえずそうではないようなので安心した。

＊＊＊

その日の帰りは久しぶりに俺、晶、ひなたの三人に光惺が加わって四人で帰った。

朝の光景と同じく最初は四人で歩いていたが、そのうち俺と光惺、晶とひなたのペアに分かれてだんだん離れていった。

「光惺、そういや気になってたんだけど、今週バイトは？」

「週末だけ。テスト前だからシフト減らした」

聞けば、がっつりバイトを入れたい冬休みに補習が入るほうが辛いらしく、期末テストをなんとかクリアしたいらしい。

「そんなことより、お前、ひなたと出かけるんだってな？」

唐突に言われてギョッとした。

いちおう光惺には伝えるつもりだったが、先に知られていたことに驚いた。

そういうやりとりは家でするんだな——そう思いつつ光惺の顔色を窺ったが、相変わらずの仏頂面で何を考えているのかわからない。

「で、お前的にどうなの？　ひなたにデートに誘われて」

「デートじゃないって……ただ一緒に飯を食いに行くだけだ！」

「べつに言い方はなんでもいいけどさ」

「まあ、最近ちょっとぎこちなかったから、いい機会かなって。仲直りでもないけど、ひなたちゃんと元通りになったらいいなって思う」

「元通りか……」

光惺は金髪を掻き上げた。なんだか面白くないという表情だ。

「……チンチクリンは？　このこと知ってんの？」

「まあな。ひなたちゃんのことをなんとかしてほしいって頼まれた」

光惺は興味なさそうに「ふ～ん」と言ったが、そのあとは口を閉ざしてしまった。

＊＊＊

「──それで？　兄貴的には誰の下着姿が一番可愛かった？」

途中で上田兄妹と別れてすぐ、晶がちょっと怒りながら訊ねてきた。

「評価できるかっ！　そもそもチラッとしか見てない！」

慌てて言い返しておいたが、晶はやれやれとため息をつく。

「でも、さっきはほんと、僕がいなかったら兄貴はどうなっていたことか……」

「ん？　今の、どういう意味だ？」

「兄妹あるある。普段僕のを見慣れてるから女子の下着姿に興味ないって言っといた」

なかなか気が利く妹だな……──

「──って、オイ！　フォローの仕方っ！　兄妹あるあるか知らんが、最近できた義理の妹はアウトだろっ！」

「ウソウソ、冗談だって～♪」

晶はにしししと笑うが、いつか本当に言いかねないので怖い……。

「僕的にはひなたちゃんの反応が可愛かったよ？　キョトーンってしてたら、かーって顔を真っ赤にしてさ～」

「だからそういうの聞いてないって……。それで、なんでみんな着替えてたんだ？」

「ただの衣装合わせだよ？　兄貴が来る前にパパッと終わらせるつもりだったんだ」

次からはお着替え中の札をかけておいてくれと頼んだら、「考えとく」と言われた。いや、考えなくていいからかけておいてくれ……。

「兄貴のほうは？　勉強会どうだったの？」

俺は今日の勉強会の様子だけ簡単に伝えた。

「──って感じで、意外と良かったかも。数学、わからないところいろいろ訊(き)けたし」

「むぅ～……。美人理系女子(リケジョ)の月森先輩から？」

「そこはべつにこだわらなくていいって……。まあ、とっつきづらいところはあるけど、意外に面白い人だったよ」

「兄貴のことだから月森先輩に気づかないうちになにかしてるんじゃないの？」

「そんなわけないだろ？　月森は――」

そこではたと足が止まった。本日二回目である。

「――あれ？」

「どうしたの？」

「いや、月森の件でなにか忘れているような気が……」

「なにそれっ⁉　超気になるじゃん！」

「まあ、忘れるほどのことってことは大したことじゃないんだろうな。――それより、ほら。電車が来るぞ～」

「あっ！　ちょっと待ってよ！　はぐらかすなよ兄貴ぃ～～～！」


――すっかり忘れていた。

演劇部の部室の扉を開ける直前まで考えていたことを。

そのあとも俺はそのことを気にしないまま、期末テストやらひなたのことばかりを考えていた。

クリスマスまで残り二十日を切った。

とりあえず、目先の期末テストのことをなんとかしないとな……。

12 DECEMBER

12月　6日（月）

今日は演劇部のみんなとお着替えをしていたら、兄貴がやってきた。

兄貴、タイミングって知ってる？

たぶん人が生きていく中で最も大事なものだよ？

でも、お着替え中の札をかけてなかった私たちが悪いので、みんなもそれほど怒ってなかったし、兄貴もみんなの下着姿を見た割には冷静だった。

私と暮らしているうちにそういう刺激に鍛えられているのかな？

でも、そのときのひなたちゃんのリアクションが可愛すぎて、キューンってなっちゃった！

ひなたちゃんってなんであんなに可愛いんだろ？

私もああいうリアクションがとれるように頑張らないと！

それと和紗ちゃん、兄貴に怒ってたけど、な〜んかそこまで嫌そうじゃないんだよね〜……。

天音ちゃんも最近兄貴とコソコソ話してるところをよく見るし……。

モテ期というよりはみんなのお兄ちゃんって感じで、最近の兄貴は部活で妹量産器になっている気がする……。

そのうち沙耶ちゃんや利穂ちゃん、柚子ちゃんも兄貴の妹になっちゃう可能性が出てきた。

私の妹ポジションが危うし！？　姉妹ができると思えば問題ない！？

そうそう、一番気になるのは月森先輩！

……兄貴、本当に大丈夫なのか？

勉強会でイチャイチャを仕掛けたりとかしてないよね？　大丈夫だよね？

あと、兄貴が月森先輩に対して忘れてることってなんだっ！？

ほんと、頼むぜ兄貴！

兄貴の周りに可愛い子がたくさんいて私はヤキモキさせられっぱなしなんだから！

第6話「じつはとある兄妹の話を聞きまして……」

取り立ててなにも起こらない平穏無事な日々が続いていた。

放課後は光惺(こうせい)たちと勉強し、終わったら晶(あきら)とひなたを迎えに演劇部の部室に寄る。帰ったら帰ったで、亀のようにこたつの中に引っ込む晶を引っ張り出して一緒に勉強をする。

平穏無事――嵐の前の静けさかもしれないが、俺はそんな平穏無事な日々を少しのあいだ享受していた。


十二月九日木曜日。

この日も放課後は光惺たちと勉強会をしていた。今日は数学メインである。

「へぇ～、月森(つきもり)さんって弟がいるんだ？」

「二人。中三と小五。生意気盛り」

「生意気な年下とかいいじゃないか、可愛くて」

「面倒見るこっちは大変だけどね」

月森とはこのところよくこういうプライベートなことも話す。

月森は相変わらず淡々と話すが悪い気はしない。

むしろ、今日は二人の弟がいる姉だと聞いてちょっとだけ親近感が湧いたくらいだ。

一方の光惺と星野（ほしの）はというと――

「星野、ここは？」

「あ、えっと～……。――こういうことかな？　結菜（ゆいな）、合ってる？」

「正解」

「やったぁ～！」

「なんでお前が喜んでんの……？」

――と、なかなかいい雰囲気だ。

星野は積極的に、なおかつ光惺の邪魔をしないように話しかける。そして光惺は光惺で俺ではなく星野に質問をするようになった。

最初はどうなるかと思っていたこの勉強会はなんとかなりそうである。

あとは星野がクリスマスまでにどれだけ関係を詰められるかだが、もうここまできたら付き合ってほしいと思うようになった。

「真嶋（まじま）くん、そこの問題……」

「ああ、うん」

「途中までは間違ってないけど——ほら、ここ」

「えっと——ああ、本当だ……」

「ここから直せば正解になるから」

「わかった、ありがとう月森さん」

「うん」

　俺は俺で月森からこうして話しかけられて嬉しい。

　初めのころにあった苦手意識もどこに行ったのか、今は一緒にいても居心地の悪さを感じない。

　相変わらずの無表情だし、笑顔を見せてくれたのは初日だけだったが、少し表情が和らいだようにも見える。

　それにしても月森は教え方がうまい。

　意外というのは失礼かもしれないが、そういうイメージがなかったから驚いた。

　家で弟たちの勉強をみているそうで、もしかしなくても面倒見の良い人なのかもしれないと思った。

「結菜がいてくれて助かったよ～！　なんか数学いけそうな気がしてきた～！」

「喜ぶのはテストが終わってからじゃない？」

「それでも、ありがとう結菜！」

「うん」

月森は軽く頷いた。

俺も星野を見習ってお礼を言っておくか。

「ほんと月森さんがいてくれて助かったよ。ありがとう、月森さん」

「うん……」

なぜか目を逸らされてしまったが、月森はあまり人から感謝されることに慣れていないのかもしれない。

一人だけ流れに乗り遅れた光惺は、金髪を掻き上げて珍しくなにかを言いたそうにしていたが、俺は見ないふりをしておいた。

＊＊＊

その日の帰りは珍しく一人だった。

晶とひなたは西山たちとファミレスで勉強会をすることになって遅くなるらしい。

俺は途中まで光惺と帰っていたが、いつもの場所で別れたあと、一人で結城学園前駅に向かった。

……まあ、たまにはこういう日があってもいいのかもしれない。

ところが駅の近くで見知った人に声をかけられた。

「涼太（りょうた）くん、こんにちは～」

「新田（にった）さん？　こんにちは……」

彼女は新田亜美（あみ）さん。

芸能事務所のフジプロAのマネージャーで、先日晶をスカウトしてきた人だった。

――そういえば前もこのあたりで声をかけられたな。

新田さんが声をかけてきたということはスカウトの件かもしれない。

二度目の返事はクリスマスと聞いていたのに、急にどうしたのだろう？

「晶ならいませんよ。友達と勉強会に行きました」

ところが新田さんは胸の前で手を合わせ「それならちょうどよかった」と言った。

「今日は君に用があって来たんだ～」

「俺に？」

まさか俺までスカウトするつもりなのか？――いやいや、そんなわけはない。

そんなおめでたい話ではなく、晶のことを俺と話したいのだろう。

「俺もテスト前なんで、すみません、今日は――」

「そう邪険にしないで？　十五分だけ！　お願い！」

「十五分？」

「十分でもいいから！」

言われて少し考えてみる。十分なら電車の時間にちょうどいいか。

「……まあ、それくらいなら大丈夫です」

「良かった！　じゃあ立ち話もなんだから、このあいだのお店に入りましょう」

もし俺から晶を説得するように言ってきたとしても、そのときはやんわりとお断りしよう。

誘われるままについて行きながら、俺はそんなことを思っていた。

＊＊＊

「それにしても寒いね～。天気予報だと来週あたりから雪が降るって」

「そうですか……」

喫茶店に入って、このあいだと同じ席に座った。

　年上の女の人と向かい合っているせいなのか、相手が芸能関係の人だからなのかはわからないが、やはり一対一になるとどうしても緊張してしまう。

「涼太くんはウィンタースポーツとかするの？　スキーとかスノボーとか」

「いえ、冬はあまり出歩きません。──それよりも、さっそく本題に……」

　すると、新田さんはくすりと笑った。

「……警戒心、解いてくれないんだ？」

「と、年上の女の人が苦手なだけです……」

「だったら、あんな綺麗な継母さんと一緒に暮らしていて平気なの？」

「継母……美由貴さんは、良い人です。信頼できるし、初めのころは緊張することもありましたが、今は尊敬しています……」

「なにせうちの業界では口コミだけで広がっている人気のメイクアップアーティストだもの。信用、信頼、実績、それからあの美貌。全部揃っててすごい人なんだよね～」

　っ……!?　やっぱり、この人は……。

「調べたんですか？　美由貴さんのこと、俺の家族、晶の身辺のこととか……」

「ううん、たまたま。美由貴さんのことだけ」

　──怪しい……。

「昔、うちの女優さんがドラマの現場でちょっとだけお世話になったのを思い出したんだ。――そこからは、ちょっと周りに知ってる人がいないか訊いてみただけ」

にこりと笑ってみせるが、どこまで信用していいものか。

一つわかることは、新田さんはわざとこういう話し方をしている。俺の反応を見て面白がっているだけなのかもしれない。

そのうち再婚相手の俺の親父のことや、前の夫の建さんのことまで持ち出してくる可能性がある。俺のことを信用させたいのか、不審がらせたいのか――どちらにしろあまり気分の良いものではない。

「やっぱり警戒心が強いんだ。ううん、良いと思うよ、そういうの。私は好きよ」

「相手が新田さんだからです」

「じゃあ私は涼太くんにとって特別な存在ってこと?」

「ある意味では」

「嬉しい。これで私のことは忘れられないね?」

「ええまあ、そうですね。新田さんのことは、たぶんなかなか忘れられないと思います」

すると新田さんはくすくすと笑った。

「ほんと、面白い子だね、君」

「え？」

「なかなか気苦労が絶えないタイプ。厄介事に巻き込まれる、あるいは自分から厄介事を引き受けることが多いんじゃないかな？」

決めつけられたくないが、まったくその通りなので否定できない。

「それは……。否定しませんが、それがなにか？」

「本題に入る前に、君のことをもうちょっとだけ知りたかっただけ。そんなに睨(にら)まないで？」

「本題って晶の件ですか？」

「いいえ。違うけど、君が信用できる人か見極めたくて。君、面白いわ。好きよ、そういう性格」

「そうですか――」

――まったくこれっぽっちも褒められた気がしないし嬉しくないな。

「ところで、私たちマネージャーの仕事ってなんだと思う？」

タレントのスケジュール管理やもろもろ。その程度の知識はあるが、それがなんだ？

「私の仕事は、あなたをあなたに売ること」

「あなたをあなたに、売る？　どういうことですか？」

「自分の適正価格を知らない人って世の中に多いの。自分はこのくらいの価値しかない人間だからって、自分の価値を勝手に決めちゃう人って多いのよね～……」

嫌な言い方だ。まるで人間が商品みたい――

「まるで、人間が商品みたい……って今思った？」

「……思ってません」

――思ったが……。

「でもね、いくら大きくて希少なダイヤの原石でも、綺麗に磨かないと輝かないの。そして綺麗に磨ける一流の研磨師もごく一部――」

「それがマネージャーである新田さんだと？」

「そう。価値を知る者は価値を売ることができる者。つまり、私はタレントを磨き上げる研磨師兼ジュエリー販売員ってところかな？　私は晶ちゃんをピカピカに磨いて彼女自身の価値に気づかせてあげたいの」

新田さんは悪びれもせずそう言った。

「余計なお世話ですよ。今のあいつに価値がないとでも言うつもりですか？」

「磨けばまだまだ価値を増すってこと。それも、誰も手に入れられないくらいにね？」

これ以上この人と話していてもムダだ。

俺は「失礼します」と言って席を立とうとした。

「待って。まだ本題に入ってない」

「……話は終わりです。あいつのいないところでこれ以上話してもムダですよ」

すると新田さんはくすりと笑った。

「ある兄妹（きょうだい）の話を君にしたかったの」

「ある兄妹の話……？」

「──元天才子役の兄と、デビューできなかった妹の話」

「え……？」

そのとき背中がぞわりとしたのは冬の風のせいではない。

直感でわかる──俺の思い過ごしでなければ「兄妹」「天才子役」という言葉で俺に思い当たる人物は俺がよく知っているあの二人しかいなかった。

「どう？　そそられた？」

新田さんは俺が動揺するのを見てニッコリと笑った。

＊　＊　＊

カランコロンと店に誰かが入ってきた。一緒に連れてきた冬の風が俺と新田さんの足元を通り抜ける。それが合図だったように、新田さんはゆっくりと口を開いた。

「ある兄妹の話――」

新田さんはそう言うと、過去を懐かしむような顔になった。

「そのお兄ちゃんっていうのは、かつてテレビに引っ張りダコの超天才子役。十年に一人いるかいないかって業界で騒がれていたその子のマネージャーが私で。――そうそう、私、前は子役担当だったの。それで私がその子のマネージャー」

いちおう今は一般人なので名前は伏せさせてほしいと新田さんはしらじらしく言った。

「お兄ちゃんはいろんなドラマに出てた。朝ドラとか、月9、二時間スペシャルとか。映画のオファーも早々に来てお仕事は順調だった。――そう、順調。彼は確実に日本を代表する俳優として成長していき、いつかはもっと大きな舞台に行けると思ってたの……」

「でも、順調には行かなかった……？」

「その子、九つのときくらいに辞めちゃったんだ。突然もう辞めますって。何事も順風満帆に行くとは限らないものね～……」

新田さんは残念そうな顔でため息をつく。

「新田さんはそれが自分のせいだって思ってるんですか？」

「そう、私のせい。失敗しちゃったんだ～……」

「失敗……？」

「研磨のやり方を失敗した――というより、あの兄妹には合わなかったというだけかもしれないのだけれど」

その言い方がどうしても引っかかる。

まるでべつの兄妹には合うかもと言っているような気がしてならない。

「その子の一つ下の妹ちゃん。その子も子役を目指してたんだ。お兄ちゃんみたいになりたいって、お兄ちゃんの撮影所によくついてきてた。とても人懐っこくて明るい子……」

「っ……!? その妹さんのことをスカウトしたのは新田さんだったんですか？」

「ええ。私がその子に言ったんだ――」

『お兄ちゃんみたいにみんなの前でお芝居してみる？』

『うん！　ヒナもおにいちゃんみたいになりたい！』

「――真っ直ぐな笑顔でうんって頷いたの。もちろんその子にも才能の片鱗があった。それで事務所の全面バックアップもあって、妹ちゃんを子役の養成所に入れた」

会社としては天才子役の妹として売り出せばさらに話題性が生まれ、相乗効果がある
──そういう目的があってのことだったと、新田さんは事務的に話した。

「その兄妹は本当に仲が良かったの。いつも手を繋いで一緒に笑っていた。妹ちゃんはお兄ちゃんの撮影が始まると、ちょっとだけ切ない顔をして、それでも次の瞬間には『頑張ってね、お兄ちゃん』って明るく押し出すような、そんな賢くて優しい子……」

──知っている。

俺の知っている彼女はそういう子だ……。

「その笑顔に、期待に応えるようにお兄ちゃんは頑張っていた。お兄ちゃんとして妹ちゃんの前に立とうと必死に頑張っているように私には見えた」

──それも知っている。

あいつは妹のために本気になる、そういうやつだ……。

「でも、やっぱり順調にはいかなかったんですね？」

「ええ。会社から早くデビューさせろと催促されて、私はお兄ちゃんと同じ特別レッスンを受けさせることにした──でも、ダメ。妹ちゃんには特別レッスンが厳しすぎたみたいで全然ついてこられなかったの」

新田さんは苦々しいという顔で手にしているカップを見つめた。

「だから会社にもご両親にも仕方なく提案した。兄妹関係は公表せず、天才子役の妹としてデビューさせるのではなくて、妹ちゃん単体でデビューさせませんかって、完全な妥協案。会社もそれでしぶしぶ了承してくれたし、ご両親も納得してくれた——けれど、納得できない人が一人だけいたの」

「……お兄ちゃんですか？」

「ええ、そう。どうして自分と妹を引き離すのかって意固地になっちゃってね。兄妹でやっていけないのなら、妹にお芝居をやってもらうために僕が辞めますって」

新田さんは厳しめな顔をした。

「でもね、優しさが正しさとは限らない。甘さでやっていけるほど芸能界は優しいところではないの。特に役者の世界は厳しい。二世タレント、兄妹タレントは常に演技力を比べられちゃうからね」

「でも、新田さん的には、それでも妹さんをデビューさせたかったんですよね？」

「彼女、お芝居は好きだったし才能もあった。早咲きのお兄ちゃんと比べて、開花までに時間がかかる子だったというだけ」

「それなのに会社からデビューを急かされて……」

「ええ……。デビューした瞬間に彼女は兄と比べられる立場にある。周りから叩かれて才能の芽を摘んでしまう可能性があるのなら、いっそ兄妹じゃなければいいって思ったの。それが私の失敗。あの兄妹の絆を甘く見すぎていたってわけ」

新田さんが言わんとしていることはわかった。

天才と言われる兄と常に比べられる妹は過酷な運命が待ち受けている。

妹の実力が兄と同等か、それ以上でなければ、兄の陰にすっぽりと隠れてしまう。周囲に実力不足を叩かれ、陽の目を見ないまま終わってしまう可能性があった。

妹の才能を潰さないように、兄妹であることを公表しないというのは新田さんなりの苦肉の策だったのだろう。

一方で、兄の気持ちもわかる。

ただの子供のわがままなのか、達観していたのか——仲の良い妹と兄妹であることを隠してやっていくことに疑問を抱いたのだろう。

それでも妹は芝居が好きだったし、やらせたかった。

ところが、そうなると今度は自分の存在が妹の邪魔になる。

そこに幼さが重なった。妹をデビューさせ舞台で輝かせたい。でも、兄妹の絆を大人たちに壊されるようで嫌だ。

そこで自ら幕を引いた結果、兄を目指していた妹もデビューせず、けっきょく兄妹そろ

って芸能界を去ることになった。

――そう考えると、やはり兄の判断は幼かったのかもしれない。

ただ、俺がもしその天才子役の兄と同じ立場なら、やはりそうしていたと思う。

妹を輝かせるために、妹を守るために、妹を辛い目に遭わせないために、自ら進んで居場所を譲ったと思う。

そしてその理由は誰にも明かさない、明かせない。

お前のために子役を辞めたんだと突きつけるようで、あまりにも不憫だから。

――だからあいつはなにも言わないことにした。

ただ「嫌な思い出がある」とだけ言って、俺にも大事な妹にも、両親にも、誰にも本当の理由を言わなかった。

どこからか漏れ出たこの話を大事な妹が耳にしたら、きっと「自分のせいでお兄ちゃんは」と後悔するだろうから……。

そして俺は一つ大きな見落としをしていたと気づいた。前提を間違っていたのだ。

最初に新田さんと会って話したときの違和感の正体がようやくわかった。

「だから、新田さんは花音祭に来ていたんですね？」

「……やっぱり、君は賢い子ね」

新田さんはくすりと笑った。

──俺が見落としていたこと。

そもそもなぜ新田さんが花音祭に来ていたのか、ということ。

新たな才能を発掘するためではなく、もともと会いたい人がいたからだ。

「その通り。花音祭に行ったのはその兄妹に会うため。妹ちゃんが舞台に上がるって噂を聞いたから、観に行くことにしたの」

「今さら罪滅ぼしですか？　──いや、あなたがそんなことをするはずないか……」

この人は自分の失敗を本心では認めていない。

一流を名乗る研磨師としてのプライドがあって、失敗を失敗のまま終わらせるつもりはないのだろう。

「そう。スカウトしに行ったの。もう一度芸能界を目指してほしくって。あんなことがあってからも彼女はお芝居を続けていたし、この界隈じゃ有名なんだよ？」

「続けていたのを知っていたのは、じつは追っかけていたんですね？　結果は……ああ、いや。フラれちゃいましたか？」

「そ、惨敗。しかも理由が──」

『お兄ちゃんが心配なので、今はまだお兄ちゃんのそばを離れられません』

「──ですって」

「ははは、それはまた……」

「まだまだべったりで参っちゃうわ。それに、君と晶ちゃんと一緒じゃない」

新田さんは呆れたように笑って「でもまだ諦めてないから」と力強く言った。

「だから花音祭も、最初は彼女の成長を見てスカウトするつもりで行ったの。でも、トラブルがあったみたいで終盤にしか登場しなかった。そしたらいきなりお兄ちゃんも登場するじゃない？」

新田さんは我が子のことのように微笑む。

「元天才子役が妹ちゃんのために一時復帰して颯爽と登場。それからお姫様抱っこで妹ちゃんを連れ去っていったとき、お兄ちゃんにもまだ役者としての光明が見えた。だからお兄ちゃんにも復帰してもらうつもり。今度は兄妹揃って活躍してもらいたくてね」

「新田さんって、図太い人ですね……」

「よく言われる。私はただやりたいようにやるだけなんだけどね？」

清々しいほどのエゴイストぶりだ。

まあでも、これくらい図太い人じゃないとやっていけない世界なのかもしれない。

「本当に良いお芝居だった。――それに、新しい才能も見つけられた。晶ちゃんのあのお芝居。ほんと、鳥肌ものだった」

「そうだったんですね。あいつの芝居がそんなに……」

「君、わかってないね？　晶ちゃんの才能はあの兄妹のはるか上をいくんだよ？」

「晶が……？」

「これから磨けば、だけどね？」

新田さんはそう言って、今度は真剣な表情になった。

「涼太くんと晶ちゃんは、あの兄妹にとても似てる。お互いがお互いを想い合ってて、切っても切れない関係になってる。絆は『絆す』とも言うでしょ？　束縛という意味で、表裏一体なの。それはときに成長の邪魔になることもある」

実際、そうなのかもしれない。

晶を陸に繋ぎ止めているのは今の俺。大きな船を用意してもらっているのに、晶が航海に出られないのは俺のせいなのだから……。

「その兄妹の話はこれでおしまい。――最後に一つだけいい？」

「なんです？」

「晶ちゃんには役者の才能があるように、私もマネージャーの才能がある」

「だから安心して晶を預けてほしいと、そういうことですか？」

新田さんはこくりと頷いた。

「晶ちゃんをフジプロAに任せてもらえない？　晶ちゃんがどうしてもほしいの」

「新田さんのことは、仕事の面では信用できる人なのかなって思いました。──まだなにか隠しているみたいですけど？」

「さあ、それはどうかな～？」

今は──いや、それはまだいいか……。

「……まあ、晶が最終的に決めることだし、この場に晶がいないのに預ける云々の話はあまりしたくないんです、ほんと……」

俺はやれやれと首の裏を掻いた。

「ただ、もし晶がそっちの道に進むんだとしたら、俺は兄として応援するだけです。それで、もし晶がそちらにお世話になるというなら、新田さんが担当という条件ならいいです」

「それはもちろん。でも、本当に私が晶ちゃんのマネージャーでいいの？」

「晶のマネージャーを降ろされない自信があるのなら」

「けっこう言うんだね、涼太くん。もちろんそのつもり」

「あと、新田さん──」

「ほかにもなにか条件があるの？」

俺は店内の時計を指差した。

「約束の十分、とっくに過ぎてます」

「あら、ほんとだ」

俺たちは少し笑って店を出た。


店から出ると日はとっくに落ちて夜になっていた。

街灯のほかにクリスマスのイルミネーションが煌びやかに道を照らしている。

「あ、そうだ。よかったら……──はい、これ」

新田さんはブランドもののショルダーバッグから一通の封筒を出して差し出してきた。

「なんですか、これ？」

「今うちでやってるお芝居のチケット。SS席二枚。クリスマスの二十五日の公演のもの」

「ああ、なるほど……。そういうことですか……」

新田さんはニヤリと笑う。

「ぜひ晶ちゃんを連れて観にきて。松本柑奈ちゃんとか人気の俳優さんが出てるからきっと楽しいよ？」

──とか言いつつ、本当は晶に本物の役者の芝居を生で見せたいからだろ？

遠慮なく受け取っておいた。

「このチケット、ネトオクで売るっていうのは有りですか？」

「ええ。煮るなり焼くなり好きにして。それじゃあね～──」

＊＊＊

家に帰り、夕飯を済ませて風呂に浸かり、そのあとリビングのソファーにどっかりと腰を下ろした。

今日は新田さんと会ったせいか、どっと疲れが押し寄せてきた。

晶と一緒に勉強するつもりだったが、なんだか今はそういう気分じゃない。

俺はソファーの背もたれに背中を預け、そのまま天井を見上げた。

──ひなたちゃんの件、どうしようかな……。

新田さんから聞いた話が頭から離れない。

よくよく考えると問題がさらに大きくなったような気がする。

この件は誰にも話せないし、ひなたと光惺のあいだに俺が入っていっていいものかと、今さらになって気が引けてきた。

そのひなたからさっきLIMEが入って、一緒に出かける日は十二月十八日の土曜日、期末テスト後にしたいとのことで、いちおう「了解」と送っておいた。

すると天井の明かりがふっと暗くなったと思ったら、背もたれの後ろから晶が心配そうな顔で俺を覗き込んできた。

「兄貴、大丈夫？　なんか疲れてる顔してるよ？」

「ん？　ああ、ちょっと疲れて……帰り、新田さんに会って話したんだ。あの人としゃべると疲れるな……」

「そうだったんだ……。やっぱり、僕のこと？」

「ああ。お前がどうしてもほしいってさ」

「それ、僕的には兄貴から聞きたいんだけどな～？」

「言うと思った……」

呆れて笑うと、晶はすっと俺の肩に手を置いて、なにも言わず揉み始めた。

「ありがとう……」

力加減がちょうどいい。気持ち良すぎてこのまま眠りたいくらいだ。

「晶、スカウトの件、どうするつもりだ？」

「まだ考え中……」

「そっか。まあ、今日新田さんと話したけど、やっぱ優秀なマネージャーさんっぽい」

「……兄貴はどうしたらいいと思う？」

「わからん。でも、話を聞きながら思ったことがあったんだ。可愛い子には旅をさせろって。──まあ、時間はあるし、ゆっくり考えてみたらいいんじゃないかな？」

「うん……。もうちょっと考えてみる」

晶は迷ってるみたいだが、まだ迷う時間はあるし目先の心配もある。

「それで、二年生のコース選択はどうするつもりだ？」

「そっちもまだだけど、今のところ兄貴と同じ文系かな」

「どうして？」

「困ったらいつでも兄貴に教えてもらえるし。家庭教師のアニキ、妹のみ授業料無料！」

「究極の打算だな、それは……」

俺は呆れながら笑った。

「そっちもまだ時間はあるから、ちゃんと決めておくんだぞ」

「うん。──でも、あぁ～～～……」

「どうした？」

「最近自分で決めることがだんだん多くなってきたなぁって思って……」

「たぶん、それが大人になるってことなんだろうな。もちろん自分一人で決められないこともあるけど、そのために周りの大人や友達がいるんじゃないか？」

「でも、自分で決めるって怖いよ……。イメージが湧かないんだもん……」

「それは、俺もわかる……」

「兄貴も、やっぱり怖い？」

「自分の手に負えないような大きなことだと、特に……」

特に、今回の件は……。いろいろなことがどんどん積み重なってきて、俺のキャパをすっかり超えてしまっている。

「でも、そのときに決めてることがあるんだ。──二つの分かれ道があるなら、より後悔しないほうを選ぶ。あのときああしてればな、こうしてればなって思うのは後の祭りだろ？　だから、自分にとって後悔が少ないかもなって道を選ぶようにしてる──まあ、親父の受け売りだけど」

「そっか……」

晶は肩を揉む手を止め、少しなにかを考えたあと、すっと後ろから俺の首にやんわりと抱きついてきた。

「じゃあ、僕もそうする。後悔が少ない道がどっちか、ちゃんと決めるね？」

「ああ、そうしたらいい」

「ありがと、兄貴。……大好き」

それから晶は「今日は疲れたからもう寝るね」と言って二階に上がっていった。

晶のこと、ひなたのこと、光惺と星野、そして自分のこと——最近考えることが多くなってきて、道の分岐点が複雑に絡み合って迷路みたいになっている。

一つのことに集中したいけれど、まずなにから考えたらいいか。

考えがまとまらないまま、そのままソファーに横になって天井に穴が空くぐらい見つめていたら、ふと睡魔に襲われて俺はそのまま寝入ってしまった。

朝起きると毛布がかけられていた。

けれど晶がいない。

いつもと違うせいか、少し寂しいと感じてしまった。

日付が変わって十二月十日。クリスマスまで、あと十五日か……。
ひなたや光惺にとっても楽しいクリスマスを迎えられるようにしたいのだが……。

12 DECEMBER

12月 9日（木）

兄貴の帰りが遅かったからすごく心配した！

新田さんに会ってたようだけど、兄貴はすごく疲れた顔をしてた。

マネージャーさんとして信用できる人かもって話だったけど、ちょっとあの人は私的に苦手なタイプだったりもする……。

可愛い子には旅をさせろって、そういう可愛さはいらないから、普通に可愛いって言ってほしいんだけどな～……。

それにしても最近、自分で決めることが多くなってきた気がする……。

兄貴は、それが大人になるってことじゃないかと言ったけど、それだったら私は子供のままでいいと思った。

自分で決めるのは怖い。すごく怖い。

特にイメージができない世界に一人で飛び込むのは、やっぱり……。

でも、そうも言ってられないんだろうな～……。

夜中に一階に降りると、兄貴が寝ていた。

たぶん、私よりもいっぱいいっぱい大変なんだと思う。

私もちゃんと自分のこれからのことを考えていかなきゃなって思った。

第7話「じつは『兄貴千里行』①　～第一の関所から第二の関所まで～」

「そこ、間違えてる」

「──え……」

月森に指摘されてはっと我に返った。

今日は十二月十三日、月曜日。今は放課後で、教室で勉強会をやっている最中。

先週新田さんからとある兄妹の話を聞き、晶とこれからのことを話してから時間が過ぎるのが早かった。

相変わらず平穏無事な日々は続いていたが、このところぼーっとなにかを考える時間が増えているような気がする。

自分でもそのなにかが漠然としていて、気づけば時間が経っている、そんな感じで。

気づけばもうテスト二日前で、ひなたと出かける十二月十八日も近づいていた。

「真嶋くん、さっきから集中できてないけど、大丈夫？」

「え、あ、うん……あれ？　光惺と星野さんは？」

「さっき、職員室に。先生に質問に行くって」

「そっか、そうだったね……」

たしかに集中できていない。二人には「いってらっしゃい」と声をかけた気がするが、あまりそのときのやりとりを覚えていない。

「どうしたの？　悩み事？」

「まあ、ちょっとね……」

悩み事——抱えすぎた問題がさらに深くなり始め、今はどこに焦点を絞って考えていけばいいのかわからず、それらがごちゃまぜになって頭の中をぐるぐると巡っていた。

月森はさっきから俺の顔をなにも言わずじっと眺めている。

「月森さん、悩み事ってある？」

「それなりには……」

「俺、ちょっと悩んでるんだ。いろいろ……」

「いろいろ？　……人間関係？」

「まあ、そんなところ……。なんだか自分じゃどうにもできないなって自信がなくなってきちゃってさ」

どうして月森に相談しているのか自分でもよくわからないが、なぜか話しやすくて、俺はそのまま続けた。

「月森さんに言われた通りだ。自分からいろんなことを引き受けて、今はなにから手をつけていいのかわからないって感じで。自分がどこに立っているかすらわからないんだ……」

「そっか」

「月森さんはなにか問題をたくさん抱えてて、悩んでるときどうやって解決する？」

「そもそも問題を複数抱えないようにする」

「あははは……。もう、複数抱えちゃってるときは？」

月森は左手の人差し指を下唇に当ててなにかを考えたあと、そっと口を開いた。

「……直交座標系」

「え？　チョウコウザ……なに？」

初めて聞くワードに少し戸惑ったが、月森はノートにさらさらと数学の時間に一度は誰でも目にしたことがあるお馴染(なじ)みの図を描いた。

「これ、X軸とY軸……平面座標？」

「そう、平面座標。直交座標系って呼ぶこともあるの」

「へぇ～、これ、そういう名前だったんだ……」

「誰が考えたか知ってる？」

「いや、知らないけど……。そういうのも習ったことがないし……」

「デカルト」

「え？　デカルトって哲学者の？」

「そう。哲学者で数学者。この図、デカルト平面とも呼ばれてるの」

「知らなかった。デカルトが考えたのか……」

といっても、あまりデカルトのことは詳しく知らない。

「真嶋くんは今、悩んでる。だから君は今ここに存在する」

「『我思う故に我あり』……そっか、それもデカルトの言葉だったね？」

「うん。それからもう一つ、彼の言葉に『困難は分割せよ』というものがあるの。どういう意味かわかる？」

「ああ、うん。問題を抱えたら何度かに分けて処理すればいいってことだよね？」

「そう。一見すると複雑な問題に見えても、多くのパターンに細かく分けていくと一つ一つは単純になるの」

月森は「でも真嶋くんの場合は違う」と言った。

「真嶋くんは一人一人の悩みを全部自分ごとのように抱え込んでる。それをどんどん結びつけて、自分で問題を複雑にしているんだと思う」

「困難を分割せよ、じゃなくて、分割できるものをあえて困難にしちゃってる？」

「そう。全部を複合的に考えたら複雑になっちゃう。だから、この人の悩み、この人の悩みって、もう一度一つ一つ分けて考えてみたらどう？」

「分けて考える、か……？」

「人は人、自分は自分、それぞれの背景は背景。最初から一度に処理をしようとしないで、数回に分ければいいと思う」

月森は最後に「ピアノの練習と一緒で」と付け加えたが、ピアノの練習方法を知らない俺にとってはイメージができない。

──でも、たぶんどんなものでも同じなのだと思う。

たとえば、俺が中学のときにやっていたバスケの練習だったら。

いきなり試合をするのではなく、シュート練習、パス練習、ドリブル練習とそれぞれを分けて練習して、試合というかたちで一つにつなぎ合わせた。

バスケの試合はいわば、単純なことを一つに合わせて複雑なかたちにしたもの。

逆に言えば、試合で勝てなければ、問題の箇所を絞り、そこに焦点を当てて練習を繰り返す。シュート成功率が低ければシュート練習を多めにする、パスがうまく通らなければパス練習を多めにする──そんな感じで。

「そっか……。俺が勝手に複雑に考えすぎてるってことか……」

「たぶん……。だから、抱えている問題を一つ一つ切り離して、できたらそれをさらに細かくして、もっと単純化するといいかも」

俺は全部一緒くたにまとめようとしていた。

ひなたの件だってそうだ。

俺とは四年の付き合いだから、晶の一番の友達だから、光惺の妹だから、俺と晶は兄妹で光惺は俺の友達で、ひなたには過去にこういう経緯があって——と、勝手に人間相関図的に結びつけて、問題を自分自身で複雑にしていたのだろう。

最初から今のひなただけに目を向ければ良かったのに、周りの顔色を窺いすぎていたのかもしれない。

「悩んでいる君は、今、ここにいる。ここから一歩ずつ前に進んでみて？」

そうだった、何事も行動しなければ始まらない。

千里の道も一歩から——

「ありがとう月森さん。解決方法が見つかりそうな気がする！」

「それなら良かった」

「ところで、そのデカルト平面だっけ？　今回の話に関係ある？」

すると月森は一瞬キョトンとした顔をして、

「ないかも」

と、言った。俺は思わず吹き出してしまった。

「月森さんでも、そんなことがあるんだ？」

「たまに、あるかも……」

すると月森は恥ずかしくなったのか、黙ったまま真っ赤になって俯いた。

月森はしっかりしているように見えて、少し天然なところもあるのかもしれないと思った。

ちょうどそのタイミングで光惺と星野が戻ってきた。

「職員室行ってきた」

「めっちゃ並んでて時間かかった～……」

「お疲れ、二人とも。どうだった？」

「あ、うん！　わからないところ、しっかり教えてもらえたよ♪」

邪推かもしれないが、本当は光惺と二人きりになる時間がとれて良かった、そういう顔をしている。その光惺も俺の顔を不思議そうに眺めてきた。

「なあ、涼太？」

「ん？　どうした？」

「なんかお前、スッキリした顔してね？」

俺は「まあな」と言って、まだ頰を赤らめている月森の横顔を見た。

＊＊＊

ややもあって、勉強会の終盤に俺たちは少し雑談をした。

話し出したのは顔を真っ赤にした星野だったのだが、

「そういえば来週はクリスマスだね。みんなはプレゼントはどんなのがほしい？」

なんというか、わかりやすい。

星野は光惺のほしいものがなにか知りたがっているのだろう。

「真嶋くんは？」

「え？　まあ、寒いし手袋があればいいかな？」

「それわかる！　じゃあ結菜のほしいものは？」

「新しいスマホ」

「そっか。結菜機種変したいって言ってたもんね？　……上田くんは？」

「カネ」

「あ、えっと、お金があったらなにを買うのかな～って……」

　星野がかわいそうになってきたが、最初から光惺に望んだ回答を期待するのが間違っている気がする。

「……そういや、新しい財布がほしい。今のボロボロだし……」

　ようやく聞き出せた星野は「そっか」と満足そうに何度も頷いた。

　星野の偉いところはある程度直球で勝負するところだ。カーブをかけるみたいに俺を使って訊けばいいところを、どストレートで攻める。

　これ以上俺に協力は求められないと遠慮したのかもしれない。

　そのあとは何事もなく、俺たちはただ二日後のテストに向けて勉強に励んだ。

　そのあいだ、俺は月森に言われた通り今抱えている問題を分割して考えてみた。

　大きく分けると以下の五つ――

①　期末テスト、主に数学の件。

②　光惺と星野の件。

③　ひなたと食事に行く件。

④　晶の二年生のコースの件。
⑤　晶のスカウトの件。

クリスマスまであと十二日。

千里の道も一歩から——行動しなければなにも始まらない。

千里先にある晶の望む楽しいクリスマスという目標のために、俺はこの五つの問題をなんとか突破しなければいけないということだが……ん？　待てよ？

千里、五つ……なるほど、これは俺にとっての『関羽千里行』かっ！


『関羽千里行』とは、三国志の中に出てくるお話……

——美髯公　千里　単騎を走らせ　漢寿侯　五関に六将を斬る……

蜀の国の関羽（＝美髯公）は、魏の曹操に降伏したのち、離れ離れになってしまった主君・劉備のもとに向かう途中、五つの関所で六人の守将を斬ったという。

まあ、五つの関所うんぬんは創作らしいが、関羽が義兄弟である劉備に対しての忠義を果たすため、五つの関所を突破した話はなかなか熱い。

この話をちょっと拝借して、俺の場合は義兄妹である晶に対して義理を果たすため。

なんの気兼ねなく晶との楽しいクリスマスを迎えるために、俺が抱えている五つの問題を解決すること。『関羽千里行』ならぬ『兄貴千里行』というわけか……。

──なんだか熱くなってきた！

最後の関所には武将・夏侯惇(かこうとん)──じゃなくて、新田亜美(あみ)さんが待ち構えているが、晶への義理を果たすために、俺は必ずこの五つの関所を突破してみせる！

……ところで、俺の赤兎馬(せきとば)はいずこに？

＊　＊　＊

十二月十五日水曜日。今日から三日間の期末テストが始まった。

テストは午前中だけで終わり、昼くらいには一斉に下校という予定。

第一日目に数学があったのだが、俺はたしかな手応えを感じていた。

テスト後にいつもの勉強会メンバー四人で集まった。

「光惺、数学はどうだった？」

「まあ、できたかも。お前は？」

「第一の関所は突破した……」

「は？　どういう意味？」

「ああ、いや、こっちの話。バッチリだったたってこと！」

星野も「できた」と明るい顔で言っているし、当然月森もできていると思う。あとは来週のテスト返却と成績発表を待つだけだ。

「ほんと結菜のおかげだね！」

「私はべつに……」

月森は謙虚に振る舞ったが、俺たちは月森なしで数学を攻略できなかっただろう。

「いや、ほんと月森さんのおかげだよ。月森さんは俺の赤兎馬だ――」

「……私に跨りたいの？　気性は荒くないけど、たしかに誰でもいいってわけじゃ……」

「あ、うん、違う……。ごめん、今のは俺のたとえが悪かった……。頼りになるパートナーって意味で……ごめん……そういうつもりじゃない……」

光惺と星野は意味がわからずキョトンとしていたが、俺と月森はもんもんと意味を膨らませて真っ赤になった。

それにしても、月森が三国志を知っていたとは驚きだった。

そのうち三国志について熱く語り合う日がくるかもしれないな。

「と、とにかく数学がなんとかできたのは月森さんのおかげだから！　ありがとう！」

「うん……」

月森は顔を真っ赤にしたままだったが、少し微笑んだようにも見えた。

それから俺は光惺を見た。光惺はやはり金髪を掻いてなにかを言おうとしているが、今回は見過ごさないことにした。

「ほら、光惺。言うなら今のうち——」

「お、おう……。サンキュ、月森……」

「うん」

光惺は照れ臭そうに星野のほうも向く。

「あと、星野も……いろいろ教えてくれて、サンキュ……」

「え……？　う、うんっ！　えへへへ～♪」

星野は満面の笑みを浮かべた。……男のツンデレにも需要があるのかもしれないな。

第二の関所——光惺と星野の件もいい感じのようだ。

あとは星野の頑張り次第ってことで、第二の関所も突破でいいかもしれない。

さて、次の第三、第四の関所を通る前に、今日のうちに第五の関所を通るための布石を打っておくか。

＊＊＊

その日の夕方。

勉強疲れもあってか、晶は帰ってくるなりこたつで寝てしまった。俺は晶がいないうちに、スカウトの件を美由貴（みゆき）さんに訊いてみることにした。

「美由貴さん、ちょっといいですか？　──あ、手伝います」

「あらあら、ありがとう涼太くん。それで、なにかしら？」

ニコッと笑顔を浮かべる美由貴さんの顔にちょっとだけ仕事の疲れが浮かんでいた。

夕飯の支度を手伝いながら、雑談程度に話をしてみることにする。

「晶のスカウトの件です」

「え、ああ、うん……」

美由貴さんはその話かと苦笑いを浮かべた。

「ぶっちゃけ、どう思いますか？」

「断ってしまったこと？」

「それもそうですが、もし晶が建（たける）さんと同じ道に行くとして──」

あえて建さんの名前を出したのは、話を早めに切り上げるため。

たぶん美由貴さんにとっては避けたい話題だと思う。ただ、途中で晶が起きてくるかもしれないので、俺としては話がなかなか進まないのは避けたかった。

「前にも言ったけど、私はあの子の選択がどちらになっても受け止めようと思ってるの」

「でも、やっぱり心配ですか？」

「ええ……。厳しい世界だから余計にね……。今のあの子が通用するかどうか……」

「俺もそう思います。でも、将来性を見越してスカウトされたわけですから……」

美由貴さんは小首を傾げた。

「涼太くんは反対なの？　それとも賛成？」

「いえ、考え中です。――今は、賛成寄りかもしれません」

「でも、あの子、本当に大丈夫なのかしら？」

そこで俺は先日新田さんと二人で話したときのことを軽く伝えた。

新田さんは仕事面で信用できる人、信用できそうな人だと話し、もし会いたいと言ってきたら会ってみてはどうかという提案までしておいた。

美由貴さんは「そうね」と言ったが、そこまで前向きではないらしい。

「そういえば新田さん、花音祭で親父と美由貴さんに会ったことがあるみたいですよ？」

「体育館で。俺たちの演劇中に、親父の隣にいたそうです」

「まあ、あの人が？　ちょっとお話ししたんだけど、マネージャーさんだったのね？」

「ええ、そうらしいです」

晶の才能を発掘し、今になってスカウトに来た理由も話しておいた。

「まあ、話した感じだと、美由貴さんみたいに仕事のできる優秀な人みたいです。俺としては新田さんがマネージャーなら安心なのかなって思って」

「私は優秀かどうかわからないけれど、フジプロAの社員さんならそうかもね……」

美由貴さんはトントントンとネギを切り終わると、まな板に包丁を置いて、珍しく大きなため息をついた。

「私の元夫、建さんのことなんだけど……あの人は家族よりも役者の道を選んだの」

唐突に、美由貴さんが話し出した。

「生活が苦しかったときでも、彼は役者として成功する道を諦めなくて、ほかの安定した仕事に就こうとはしなかった。私は家族を優先してほしいと頼んだけど、ダメね……。それが前に話していた価値観の違い。夢を追うか、家族と残るか……私と晶は置いていかれちゃったの」

建さんは夢を追った。

追ったぶんだけ失ったものも多いかもしれないが、それでもまだ追い続けている。

もっとも、過去の美味しい思いを再現したいだけではなく、なにかもっと、大事な理由があるのかもしれないが。

「晶があの人と同じように家族を置いてどこかに行っちゃうんじゃないか不安なの……」

美由貴さんの不安を聞きつつ、俺は月森の言葉を思い出していた。

「晶と建さんを切り離してみたらどうですか？」

「それができたらいいのだけれど……やっぱり親子だから——」

——血が繋がっていたら、同じ道をたどるだろう。

美由貴さんはそう言いたいのかもしれない。

「形質は遺伝しません、親子でも……」

「形質は遺伝しない？　どういう意味かしら？」

「血が繋がっていても、二人はべつの考えや性質を持ったべつの人間ってことです。晶は晶、建さんは建さん、そして美由貴さんは美由貴さんです。それぞれ違った考えを持った人間だと思ってみたらどうですか？」

美由貴さんは「それでもね」と項垂れて、少し考える素振りを見せた。

やはり、晶を建さんと、あるいは美由貴さん自身と切り離すのは難しいらしい。

「家のことは涼太くんに任せきりだし、仕事ばかりしている私が言えた義理ではないんだけど、やっぱり晶は大事な娘だし、いなくなったらって考えたら――」

「それは、寂しいですよね……」

「ええ、寂しい。本当に寂しいことだわ……」

余計に落ち込む美由貴さんに向けて、俺は笑顔をつくった。

「でも、学生のうちは家と学校と仕事の行き来で、家族で過ごす時間はあると思います」

「それは、そうね……」

「俺もたまに考えます。もし晶がいなかったらって……」

「涼太くん……」

「寂しいですよ、ほんと。あんなに俺に懐いてくれて、それがいきなりいなくなったら」

「そうね……。あの子、涼太くんのことが大好きだもの、そうよね……」

想像で話しているだけなのに、急に寂しい気持ちになってきた。

そのときふと、晶が言っていた言葉を思い出した。

「でも、こうも思うんです――」

『関係がはっきりしないのはなんだかなぁって思うけど、けっきょく兄貴は僕のところに落ち着くと思う……って願望？』

「──けっきょく、晶は俺たちのところに落ち着くと思う……そういう願望を持つことが大事なのかなって……」

「願望か……」

「希望、願望、野望、欲望です」

「さ、最後の二つは違うんじゃないかしら……」

「いえ、あいつからすると突き詰めれば全部一緒みたいですよ？」

そのあと美由貴さんは「可笑(おか)しいわね」と言ってくすりと笑った。

そのあと親父とも話したが、やはり晶と美由貴さんの判断に任せるということだった。

両親二人は反対をしていない。あとは晶次第なのだが、俺も晶に対してなにか意見のようなものを兄として伝えなければならないと思った。

12 DECEMBER

12月15日（水）

兄貴が変わった。なんでだろう？

すごく大人っぽい！　もともと大人っぽかったのに、最近なんだかさらにかっこよくなっている！

男子ってちょっと見ないうちにすぐに大きくなるけど、兄貴がぐっとかっこよくなったので、また惚れ直しちゃった！

私も兄貴を見習って、もっと大人っぽくなりたい！

そうそう、兄貴がなんだか明るい。

今抱えているたくさんの問題を解決する方法を見つけたみたい。

ひなたちゃんのことは兄貴に任せても大丈夫って思った！

お腹もいっぱいだったし、安心したらこたつで寝ちゃった。

起きるとすっかり暗くなってて、夕飯ができてて、兄貴と母さんと三人でご飯を食べた。

兄貴も明るかったけど、母さんも明るい。

スカウトのことを気にしてたと思ったけど、あの様子ならお父さんのことを話しても大丈夫かもしれない。テストが終わったら、母さんともじっくり話したいな～。

兄貴との時間も大事だけど、家族との時間も大事にしなきゃ！

あと、明日のテストも頑張らねばっ！

第8話「じつは『兄貴千里行』② ～第三の関所・上田ひなた 前編～」

クリスマスまであと一週間となった、十二月十八日土曜日。

今日は第三の関所——いよいよひなたと出かける日。

十一時ごろ支度を済ませ、玄関で靴を履いたところで、見送りに来た晶と向かい合った。

「じゃあ、行ってくる」

「兄貴、頑張って！　ひなたちゃんをよろしくね！」

「おう、任せとけ！」

「あ、でもその前に——」

「なんだ、その顔は……？」

晶は目を閉じて、唇を「う～」っと窄めて差し出してくる。

まあ、その顔からなにを求めてきているのかはわかるが……。

「いってらっしゃいのチュ——……——」

「は、しないぞ？　逆に今から出かけるのに覚悟が揺らぐだろ？」

「僕以外の女の子に会いに行きたくなくなるってこと？」

「そうだ。ほかの女の子のことが考えられなくなる」

「へっ⁉ 兄貴、今のどういうこと、どういうことっ⁉」

「行ってきます」

「あっ⁉ ちょ、せめていってらっしゃいのギュウ――……――」

――も、やっぱりしない。

俺は玄関をバタンと閉めて大きくため息をついた。

晶がわざと明るく押し出してくれたことはわかっている。

俺を鼓舞するためにいつもの俺たちらしいやりとりで送り出してくれたのだろう。

――期待に応えないとな。

「さて……行くかっ！」

今日は雪が降るという予報で少し雲行きが怪しかったが、俺は急いで駅に向かった。

＊＊＊

結城学園前とは反対方向、電車で二駅のところに駅に隣接する大型ショッピングモールがある。食事に誘ったのはひなただが、店は俺が指定することにした。

ここにしたのにはいくつか理由はあるが、一つは食事のあとにクリスマスプレゼントを買うためだった。

ちょうどひなたも光惺と晶へのプレゼントを選びたかったらしく、お互いの利害が一致した結果、ここになった。

もう一つ、俺の住んでいる有栖南周辺にも大型ショッピングモールはあるが、わざわざこちらに来たのは、あまり噂を立てられたくないという理由があった。

たとえば西山、あとは西山、それ以外にも西山というやつに見つかったらうるさい。

特に今はクリスマス前で悪霊化している。ひなたと一緒にいるだけでリアルに祟られる可能性があったので、なるべく出くわすリスクを避けてこの場所にしておいた。

見つかったらどうせ「自分の妹に飽き足らず人の妹にまで手を出したのか！」などと言ってくるのだろう。

ちなみに俺はシスコンじゃない。「兄バカ」であり「友達の妹思い」である。

どうして西山思考で考えなければいけないのかは置いといて、知り合いにはあまり二人でいるところを見られたくはない。

とりあえず、待ち合わせ場所はショッピングモール一階の屋内噴水エリア。

じつはひなたと二人で出かけることはこれまでにもあった。

ただ、今回ばかりはどうしても緊張してしまう。食事の目的が見えない以上、どんな話が飛び出すかはわからないから、今日はいつものように気軽にとはならない。

先に行って緊張を落ち着かせようと思い、待ち合わせの三十分前に到着した。

ところが――

「あれ、ひなたちゃん⁉」

「あ、涼太先輩」

――なんと待ち合わせ場所にすでにひなたがいた。

「どうして？　俺、時間間違えたかな？」

「あ、いえ、そうじゃないんです。なんだか落ち着かなくて、早く来ちゃいました……」

ひなたはてへへへと失敗した子供のように笑う。

「それならいいんだけど……」

「あ、気にしないでください。私、こうやって待つのも好きですから！」

可愛……いやいや、なんて良い子なのか。

――それにしても……。

今年初めて冬服のひなたを見た。

厚手のコートとタイトスカートの組み合わせ、小物の合わせ方も上手いせいか、普段のひなたより少し大人っぽく見える。

その出で立ちであどけなく笑う顔にギャップがあって、綺麗だねと褒めるべきか、可愛いねと褒めるべきか、言葉の選択が難しい。

なんて言って褒めようか——

『兄貴、女の子と会ったら天気の話じゃなくて服装を褒めること！　困ったらね——』

——よし。

こういうときは晶に教わった魔法の褒め言葉『さしすせそ』が役立ちそうだ。

「今日の服装、さすがだね！　すごくいい感じだと思う！」

「そ、そうですか⁉　これ、今年のトレンドみたいで……あ、ありがとうございます……」

「知らなかった！　俺、トレンドとか弱いから」

「あの、て、照れちゃいますから……」

「すごいね！　センスがあって羨ましいな！」

「涼太先輩！　さ、さすがに褒めすぎですよっ！」

「そうなんだ、褒めすぎでっ！　——え、褒めすぎ？　あ、そっか、ごめん……」

ひなたは真っ赤になってもじもじとし始める。

俺も急に気まずくなって頭を掻いた。……気を取り直して——

「——そ、それじゃあ行こうか？」

「はい。それじゃあ……えっ⁉」

「ん？　どうしたの……——ぬはっ⁉」

——なんてことだ……。

俺は無意識のうちに右手を差し出していた。

完全に「握れ」というサインになってしまっている。

おそらくこれは晶に知らず知らずのうちに鍛えられていたせい……。

ひなたは触れていいのか戸惑うように、胸の前から左手を出しては引っ込めている。

「あ、えっと、これはその……！」

「あの、えっと、私どうしたら……！」

「あ、いや、なんでもないんだっ！　気にしないで！」

お互いにぎこちない感じで並んで歩き始める。

とりあえずひなたの歩調に合わせながらレストランフロアのほうへ向かった。

＊＊＊

定番のイタリアンのお店。

お店の人に案内され、お互いにテーブルを挟んで向かい合って座った。

じっくりメニューを選んで注文したあと、俺はどこに視点を合わせていいのかわからず店内を見回す。なかなか雰囲気の良い店で、夫婦かカップルが多い。

するとひなたが緊張気味に訊いてきた。

「ここ、初めてきました……カップルが多いですね？」

「ん？　ああ、たしかにそうかも」

「わ、私たちも周りからそう見られるんですかねっ⁉」

「ど、どうかなぁ～？　あははは、ははっ、は……──」

──非常に気まずい。

特に西山と西山と西山だけには見られたくないシチュエーションだ。

ひなたは水の入ったグラスの縁を指でつついて気まずそうにしている。

とりあえずなにか会話をしなければと思ったが、なにから話したらいいか迷う。

まずは世間話。それから期末テストのこと、部活のことなどを話し、本題をなるべく後回しにしておくことにしよう。

ここは俺から——

「「あのっ……あっ……」」

——タイミング悪く、俺とひなたの声が被(かぶ)った。

「な、なに？」

「えっと、涼太先輩からどうぞ……」

「いやいやいや、ひなたちゃんから」

「いやいやいや、涼太先輩から」

「いやいやいやいやいや、ひなたちゃんから」

「いやいやいやいやいやいや、涼太先輩から……」

——とまあ、お互いに遠慮ばかりで先に進まない。

「じゃあ俺からっ！　あのさ——」

ひなたの様子がどことなく落ち着かないので俺が会話をリードした。

そうして注文した料理が届くまで二人で話をしていたのだが、俺たちの共通の話題はけっきょく一点に絞られた――

「晶、すっかり変わりましたね？　部活を見てると特にそう思います」

「まあ、みんな良い子たちだからね。晶も前に演劇部(あそこ)が好きって言ってたし、本当に居心地がいいんじゃないかな？」

「はい。それに、お芝居もどんどん上手になってますよ」

「それは相方がいいからだよ。ひなたちゃんがそばであいつを支えてくれるから」

――とまあ、さっきから晶の話にしかならない。

ひなた自身のこと、そこになかなかうまく話がシフトしない。

じっくり話したいのはそっちなのに、晶を褒めてもらってばかりいた。

「それはどうでしょう……。私は、涼太先輩が近くにいて見守ってくれているからだと思ってます」

「まあ、俺と一緒だと気が抜けるから気楽なのかも」

「そんなことはありません。晶が涼太先輩を見るときの目は、なんていうか、家族以上と言いますか……」

なんだか言いにくそうにしていたが、俺もそこには触れられないな。

「家族以上？」

「は、はい……。そういう感じです……」

変な方向に話がシフトしそうなので、軌道修正を試みる。

「まあ、俺たちは仲が良いほうだと思う。義理だけど、もう半年ぐらい一緒に暮らしているし、趣味も合うからね。——そうだ！　光惺とはあのあとどんな感じなの？」

「お兄ちゃんですか？　……まあ、いつも通りといいますか」

光惺の名前を出した途端、ひなたは暗い表情になった。

そこで少し察した。……やはりまた光惺とうまくいっていないのだろうか？

「光惺となんかあったの？」

「はい……。そのことなんですが、なんと言いますか……」

「どうしたの？」

「りょ、涼太先輩にお伝えしたいことがあって……」

やはり光惺のことのようだ。

「俺に？　なに？」

「は、はい……。ちょっと待ってくださいね……——」

ひなたは急に顔を赤らめたと思ったら、ひどく緊張した様子になった。

目を閉じてスーハーと大きく息を吸って吐く。

俺もなんだか緊張し始めて身構える。

そうしてひなたは動悸を鎮めるように胸に手を当てた。

ようやく最後の一息をつくと、すでに潤んだ目を見開いて、気まずそうに瞳を左右に揺らめかす。

「涼太先輩に、伝えたいことというのは……」

──ゴクリ……。

「わ、私、涼太先輩と──」

「お待たせいたしました。こちらパスタセットとマルゲリータ単品になります」

──そこに店員さんが注文していたものを持ってやってきた。

「お飲み物は食後でよろしかったでしょうか？」

「「はい……」」

「それでは、ごゆっくりどうぞ～」

店員さんが去ったあと、俺とひなたはテーブルに置かれた湯気の立っているそれらを、しばらくのあいだ真っ赤な顔で見つめていた。

「…………………」

「…………………」

「あのさ……」

「は、はい……」

「食べようか……」

「そうですね……」

＊＊＊

食事中はまた学校の話題くらいで、さっきひなたが言いかけた「伝えたいこと」の話題は出なかった。

そして食事も終わり、最後に注文していた飲み物がテーブルに置かれると、俺たちのあいだに少しまったりとした時間が流れた。

——そろそろひなたちゃんに訊いてみるか。

「ひなたちゃん、さっき言いかけてたことなんだけど……」

「えっと、なんでしたっけ？」

「店員さんが料理を運んでくる前。なにを言いかけてたの？」

「あ……」

ひなたは再び顔を真っ赤にする。

まあ、あからさまに告白する前の女子のようなリアクションに見えるが、そんなはずはないということはわかっている。

……さっきは少し、そうなのではないかと思ってしまったが。

たぶん緊張するほど言い出しにくいことなのだろう。恥ずかしがってる？　それとも俺に訊きづらいこと？　──まあ、どんなことでも俺はしっかりと受け止めるつもりだ。

「じつは、涼太先輩にお話ししたいことがあるんです……」

するとひなたはさっきのように深呼吸を何度かして、ようやく決心したように口を開いた。

さて、いよいよか。おそらく光惺のこ──

「涼太先輩は、好きな人っていますか……？」

――と……えっと、今なんて？

好きな人？　好きな人って言ったのか？　好きな人っていうのは――

『――兄貴！　僕、僕！　僕だよねっ⁉』

「あ……――浅井長政（あざいながまさ）！　そう、浅井長政かな⁉」

「えっと、戦国武将の……？」

「よく知ってるね！　そうそう、近江国（おうみのくに）の小谷城（おだにじょう）城主で幼名は猿夜叉丸（さるやしゃまる）っていって――」

「そ、そういうことではなくっ！」

ひなたは真っ赤な顔で慌てると、また何度も深呼吸をしてそっと口を開いた。

「涼太先輩は、私のことどう思いますか……？」

……。

………。

………………え？

「ひ、ひなたちゃんのこと……？」

「あ～～っ！　違うんです！　念のためです、念のためっ！」

──ふむ。

いきなりなんの話が飛び出てきた？

光惺の相談かと思ったら……俺⁉　俺がひなたをどう思ってるかだとっ⁉

「あの、もしかしてひなたちゃん、俺のことを、その～……」

「えっと、あの、そうじゃないんです！　──そうかもしれないんですが……」

一気に心拍数が跳ね上がった。

自分でもわかる──今、俺の耳はひなたよりも真っ赤になっている！

「ひなたちゃんは、俺のことが好きなの……？　異性として……？」

「わ、わからないんです！　わからないからちょっと迷ってて、えっと、なんて言ったらいいのかなぁ～……⁉」

ひなたは真っ赤になって慌てふためいている。

ここは俺も慌てふためき返すべきかと思ったが、ここは年上としての落ち着きを……落ち着きを……落ち着け～……落ち着かんっ！

どういうことだ⁉

もしかして、ひなたは俺のことが好きなのかっ⁉

想定していない事態に俺はだいぶパニクったが、先に落ち着いたひなたが口を開いた。

「私、最近変なんです……」

「変、とは……？」

「合宿から帰ってきたあと、お兄ちゃんから涼太先輩と付き合えって言われてから、先輩のことを意識しちゃって……」

――あんのアホ！　ひなたちゃんになんてことを言いやがるっ！

「そ、それはたしかに困るよね⁉　ひなたちゃん、べつに俺のこと好きじゃないもんね⁉」

「いえ、それがそうでもないといいますか……」

――なんだって⁉

「と、とにかく、涼太先輩のことが気になり出したら、なんというか――」

「よ、よし！　いったん冷静になろっか⁉」

どちらかというと、俺が冷静にならなければ……。

俺は食前に出されたお冷やをゴクゴクと飲み干し、大きく深呼吸をした。

「か、確認なんだけど、光惺に言われたから意識し始めちゃったんだよね……？」

「はい……」

「だから本心では、俺が好きかどうか迷ってる感じ……？」

「はい……」

「迷ってるけど俺と付き合っても、いい的な……？」

「はい……」

──あの金髪イケメン野郎、またひなたちゃんを困らせたな……。

「でも、それって……自分の気持ちというより、光惺に言われたからのほうが大きいんじゃない？」

「そ、そうかもしれません……。お兄ちゃん、私と涼太先輩が付き合ったら嬉しいって言って……」

──それは、違うな……。

俺はなるべく優しい声でひなたに話した。

「光惺に言われたから付き合うのは、ちょっと違うと思う……。どっちかっていうとひなたちゃんの気持ちが大事なんじゃないかなって思うんだ。付き合ってもいいっていうのは、本当にひなたちゃん自身の考え？」

「もちろん、それは私の考えです。ずっと私は涼太先輩に憧れていました……」

「憧れ……？」

俺に憧れられる要素なんてあるのだろうか？

「包容力があって、優しいし、一緒にいたら楽しいんだろうなって……。だから、涼太先輩のそばにいる晶が羨ましいんです……」

ひなたはそう言っていたが、なんとなく、俺の性格的なところではなくて、べつの人物を思い描いているような気がした。

いや、「晶が羨ましい」というのは、きっとそうなんだと思う。

「ひなたちゃん、それってさ――」

――やっぱり、そういうことだよな……。

俺はなんだかほっとして、大きくため息をついた。

「それ、光惺に求めてる理想のお兄ちゃん像だよ――」

――思えば、俺と初めて会ったときからひなたはお兄ちゃん子だった。

ひなたは光惺にべったりで、光惺はそれを嫌がっていた。

そばで見ていた俺は、そんなひなたがかわいそうで兄のように優しく接した。

その結果、本来光惺がするべきだった兄としての役割が俺にシフト——つまり、いつの間にか俺が、ひなたにとっての理想のお兄ちゃんにすり替わっていた。

そして今になり、血の繋（つな）がりがない他人の俺を、じつは異性として好きなのではないかと勘違い……いや、光惺に勘違いさせられたようだ。

だから、ひなたが好きなのは俺ではなく、理想の兄としての光惺。

ずいぶんおかしな話だが、俺は自分でも気づかないうちにひなたの兄になっていた。

いつの間にか、ひなたの中の理想の光惺を演じてきたらしい——


「——だから晶を見て、羨ましいと思ったんじゃないかな？」

俺が説明すると、ひなたは顔を真っ赤にして俯（うつむ）いた。

「私ってば、なんて恥ずかしい……。じゃあ私が求めてたのは……」

「たぶん、ひなたちゃんは光惺に求めているものを俺に求めていたんだろうな……」

俺が笑顔をつくると、ひなたは「はぁ～～～……」と大きなため息をついて、シュンと小さくなった。

「涼太先輩、ごめんなさいぃ～……」

叱られた子供のように小さくなったひなたを見て、俺も若干責任を感じていた。

健気で頑張り屋なひなたに優しくするなというのは無理な話だが、俺ももう少し、友人としての立ち位置をはっきりとすべきだったのかもしれない。

「いや、一人っ子の俺としては妹ができたみたいで嬉しかったよ。でも——」

「でも……？」

「——いや、なんでもない……」

ひなたが高校生になり、彼女の距離の近さを妙に意識していたのは事実。

俺は妹というより、光惺の妹、異性として意識していた——というのは、話がややこしくなるから言わないでおいた。

「でも、それじゃあ余計に辛いです……」

「え？」

「涼太先輩が言うように、私はお兄ちゃんを求めていて、けっきょくお兄ちゃんから離れられないのかもしれません……。でも、最近また私に冷たいし、なにも言ってくれないし、涼太先輩とくっつけようとしてくるしで……」

ひなたの言いたいことはわかる。求めても拒絶されるのは辛いだろうから……。

でも、光惺が冷たく接するのは、なにも言わないのは、俺とくっつけようとしたのは、あいつなりにひなたを思ってのことなのかもしれない。

新田(にった)さんの言っていた元天才子役……それが光惺なら──

「──優しさは、人それぞれ、違ったかたちがあるんじゃない？」

「え？　優しさのかたち、ですか……？」

「俺の優しさはたぶんひなたちゃんからすると理想のかたちなのかもしれないけど、光惺は光惺なりの優しさで、ずっとひなたちゃんを守ってるんだ」

「どういうことですか……？」

「不器用な優しさっていうのかな？　あいつはなにも言わない。特に大事なことはなかなか……。そういうわかりづらくて面倒なやつだけど、誰よりも辛い道を選んだんだ──」

──光惺はひなたを守るために芸能界を去った。

そしてそのことをひなたに伝えずに、ひなたのせいにもせずに、自分の言い訳にもせずに、それでも、ただ、なにも言わずに、ひなたのそばにいる選択をした。

だから、ひなたに冷たくするのも、俺とくっつけようとしたことにも、なにかしら意味があるのだと俺は思いたい。

「ただ一つわかるのは、あいつは世の中で一番ひなたちゃんのことを大事に考えてる兄貴だってこと」

「お兄ちゃんが、私のことを……？」

「ああ。自分よりもひなたちゃんが優先。だから、ひなたちゃんになにかあれば、あいつはなにがなんでもひなたちゃんを守り抜く。──それだけは俺が保証するよ？」

笑顔でそう伝えると、ひなたは気まずそうに赤面した。

＊　＊　＊

ややもあって、和解のようなものができた俺たちは、晶と光惺へのクリスマスプレゼントを買うためにショッピングモール内を散策することにした。

「晶へのプレゼントだけど、なにがいいと思う？」

「う〜ん……。最近勉強中に辛そうにしてました。晶は猫背なので、余計に肩が凝るんじゃないですかね？」

「なるほど、じゃあマッサージ機か」

「いえ、もう少し可愛らしい物のほうが喜ぶんじゃないかと──」

「じゃあ可愛らしいマッサージ機がいいのかな？」

「あの……マッサージ機以外の選択肢はないんですか？　あ、でも、それなら──」

ひなたが耳打ちしたものを聞いて、俺は「それだっ！」と同意した。それなら晶も喜ぶ

だろう——そんな話をしていたら、ひなたがぽつりと、

「お兄ちゃんはなにがいいかな……」

と、言ったので、ふと先日の勉強会のことを思い出した。

「そういえば光惺は新しい財布が欲しいって——」

——いや、それはダメか！　たぶん星野とかぶる！

「なるほど、お財布ですか。お兄ちゃん、こだわってるブランドがあるので、そこで買うほうがいいかもですね」

「あ〜、いや〜、やっぱり財布以外が欲しいって言ってたかな〜……？」

「範囲が広すぎて絞れませんね、それ……」

ひなたが呆れたように笑う。

とりあえずはそのブランドの店舗がここにもあるそうなので、財布以外のなにかを探しに行ってみることにした。

その道すがら、ひなたの様子が気になった。横目に見ていると、さっきから自分の左手を俺のほうに伸ばしたり引っ込めたりしている。

「どうしたの？」

「えっと、一つだけ試してみたいことがありまして……」

「試す？　なにを？」

ひなたは顔をまた赤くした。少し視線を落として、自分の両手の人差し指の先をちょんちょんとくっつけては離す。

「さっき涼太先輩と話していて気づいたことがあったんです……」

「気づいたこと？」

「私は、もしかするとお兄ちゃん離れをする必要があるのかもしれません……」

「え？」

「私、あの無愛想なお兄ちゃんが心配で、ついいろいろやりすぎてしまうんです……」

それは俺も同じだから、なんとなく言いたいことがわかった。

ひなたは光惺に構いすぎてしまい、自分から距離を縮めていってしまうのだろう。

それは自分だけでなく光惺にとっても良くないこと——ひなたはそう思ったようだ。

「それで、お願いしたいことがありまして……」

「お願い？　なに？」

「確認してみたいことがあって、涼太先輩さえ良かったらですけど、その、私と——」

ひなたは頭を下げて、真っ直ぐに左手を差し出してくる。

「——わ、私と、手を繋いでもらえませんかっ⁉」

一瞬べつのことを想像してしまったが……手？

「えっと、手を、繋ぐ……？」

「は、はい！　繋いでみたら、なにかがわかるような気がするんです！」

「手か……」

俺はなんだか恥ずかしくなって、自分の手を見つめた。

手を繋ぐくらいならと思ったが、よくよく考えてみるとこの手はずっと晶と繋いできた手。

──晶は、ひなたちゃんと手を繋ぐこと、許してくれるかな……？

ひなたのためならいいと言うかもしれないが、なんだか胸の内がざわつく。

でも、ひなたはべつに俺を異性として見ていないとわかったので、それくらいならと右手を差し出した。

「いいよ、繋いでみよっか？」

「は、はい！　お願いします！」

ゆっくりとひなたと手を繋いでみた。

ハンドクリームの香りとしっとり感があるのは気にならないが、どことなく緊張が伝わってくる。

つい、晶の手と比較してしまったが、ひなたの手は小さくて可愛らしく、少し熱っぽい。

ただ、質感や体温とはべつに、晶とは明らかになにかが違う気がしていた。

俺はもう少しドキドキするものだと思っていた。

でも、意外なことに、比較的冷静に手を繋ぐことができてしまった。

「どう？　なにかわかりそう？」

ひなたは——どこか戸惑うような顔をしていた。

「あれ……？」

顔色はいつも通りで、ただ少し、信じられないといったような、困っているような、そういう顔をしている。なにか求めていたものとは違っていたのだろうか？

「どうしたの？」

「い、いえ……。えっと、もう少しこのままで——」

すると——

「——あ……真嶋(まじま)くんじゃ〜ん！」

——俺の背後から、聞き覚えのある声とともに、二つの人影が近づいてきた。

どうしてこうもいつもいつもタイミングが悪いのか……。

伊藤が西山に言ったように、俺はそういう星のもとに生まれてしまったのかもしれないと思いながら。

12 DECEMBER

12月18日（土）

今日は兄貴がひなたちゃんと出かけた日！

朝から兄貴をお見送りした。

ちょっとした悪ふざけもしてみたけど、ちょっとはギューとかしてくれたらいいのに、兄貴め！　さては照れたな？

まあでも、ひなたちゃんのことは絶対に兄貴がなんとかしてくれるはず！

兄貴、ひなたちゃんを惚れさせない程度に頑張るんだぞ！

天気予報だと今日の午後からだいぶ崩れるという予報だった。

予報通りで、崩れるどころか吹雪……。

大雪のせいで電車までストップしちゃったし、兄貴とひなたちゃんが心配だった。

LIMEを送ってみたんだけど、返事が返ってこなかったし、やっぱり心配。

それでも、兄貴とひなたちゃんに、頑張ってってメッセージを家から送り続けることにした。

この気持ち、届け！

第9話「じつは『兄貴千里行』③　～第三の関所・上田ひなた 後編～」

「やっぱ真嶋くんじゃん！　まさかこんなとこで会うなんて奇遇だね！」

そう言って笑顔で寄ってきたのは星野千夏。光惺に絶賛片思い中の彼女と――

「や、やあ、星野さん！」

星野の隣を歩いていた人物と目が合う。

切れ長な目が大きく見開かれ、その奥の黒い瞳が揺れている。

「――月森さん……」

月森結菜。

けれど、彼女は笑顔でも無表情でもない。なぜかじっと俺の顔を見て驚いている。

月森の驚く顔を見たのはこのときが初めてで、俺も少し動揺した。

「あ、あの、涼太先輩……」

ひなたが不安そうに俺の手を握る。

「あ、そっちの子ってひなたちゃんだよねっ⁉　上田くんの妹の！」

「はい、そうです……」

星野がひなたのそばに近づく。

「私、星野千夏！　上田くんと仲良くさせてもらってます！」

俺の手を握る力が少し強まる。ひなたの動揺が感じられる。

「それにしても、へぇ～、真嶋くん、そっか～……」

星野がニコニコと俺とひなたの顔を交互に眺める。その顔は悪意こそないが、どうやら俺たちを誤解しているみたいで、

「真嶋くんも隅に置けないな～。まさか上田くんの妹さんと――」

言いかけたところで「違うよ！」と慌てて遮り、俺はぱっとひなたと手を離す。

「俺たちはそういうんじゃなくて……」

「え？　違うってことは付き合ってないの？」

「ああ、うん、そうなんだっ！」

慌てて否定しておいて良かった。

星野は空気を読んで――

「――えい……」

──突然視界に黒いものが飛び込んできたと思ったら、俺の胸にガサッとなにかが押しつけられる。

「つ、月森さん?」

黒いものの正体は月森の頭だった。

「受け取って……」

胸から落ちそうなそれを慌ててキャッチする。

なにかが入ったビニールの買い物袋──それを認識するより早く月森は俺から離れて背中を向けてすたすたとどこかに歩き始める。

「あの、月森さん、これ……!?」

なにも言わず行ってしまう月森の背中を戸惑いながら見ていると、呆気にとられていた星野が「あ、ちょっと待って結菜!」と声をかけた。

月森は聞こえていないようで、この場からどんどん離れていく。

「ごめん真嶋くん! なんかあの子、びっくりしちゃったみたいで……」

星野は苦笑いで両手を合わせる。

「なんで?」

「ああ、えっと……結菜ってアンチ恋愛脳っぽいとこあるじゃん? だから真嶋くんがまさか女の子と歩いててびっくりしたんじゃないかな～？」

「えっと、じゃあ、これは……？」

「あ、うん！　それは真嶋くんへのクリスマスプレゼントだと思う！」

「俺に？　……え？　今⁉」

混乱してきた。

月森が驚いてクリスマスプレゼントを押し付けていった？　なぜ……？

「星野さんたちはなんでここに？」

「私たちはクリスマスプレゼント選びに。結菜にはプレゼントを買いに来るのについてきてもらったんだ。……上田くんに」

するとひなたがピクリと反応した。

「え、お兄ちゃんに、ですか……？」

「そうなんだ！　──あ、そろそろ結菜を追っかけないとっ！」

「あ、待って！　星野さん！」

「ごめん真嶋くん！　また来週学校でっ！」

星野は苦笑いを浮かべながら慌てた様子で月森の背中を追っていった。

──ここまで、ほんの数分の出来事。

そこでしばらく俺とひなたは呆然と星野が去っていく先を見つめて立ち尽くしていた。

＊＊＊

「あの二人、涼太先輩とお兄ちゃんと一緒に勉強会していた人たちですよね？」

「ああ、うん……」

――本日何度目かの、気まずい……。

ショッピングモールに点々と置かれたベンチの一つ。俺とひなたは並んで座り、さっきの出来事を頭の中で整理していた。

「星野さん、すっごく可愛い人でした……」

「ああうん……。ごめん……」

「どうして涼太先輩が謝るんですか？」

「ひなたちゃんが暗い顔をしてる理由がなんとなくわかるから。原因、俺なんだ――」

勉強会が始まった経緯について、俺はひなたにありのままを伝えた。

星野は光惺を好いていて、でも仲良くなるきっかけがなかなか摑めない。

そこで俺が助け舟を出した――今回の期末テストの勉強を一緒にやろうと。

その経緯で月森と知り合った。

そして四人で勉強会をし、少しずつ打ち解け、クリスマスプレゼントの話題になったことも。

「まあ、そんなわけで、星野さんはべつに悪い人じゃないんだ。光惺のことを一途に思ってて、でも光惺には振り向いてもらえなさそうで……」

「そうですか……。星野先輩、お兄ちゃんのことを大事に思っててくれているんですね……」

「一生懸命な姿を見てるから、俺はどうしても見過ごせなくてさ……」

「いえ、涼太先輩のせいではありません。たぶん私が今ショックを受けているのは、星野先輩のことを素直に応援できない自分がいるからです……」

ひなたは表情をさらに暗くした。

「それは、やっぱり……」

「お兄ちゃん離れ、しようと思ったんですが……」

兄である光惺をほかの女の子が奪おうとしている——それは身内として複雑な心境なのかもしれない。

俺も晶に言い寄る男がいたら、複雑な心境だ……。

「星野先輩の手にあった買い物袋……あれ、お兄ちゃんの好きなブランドの袋でした……」

「ああ、うん……たぶん、財布……」

「涼太先輩、だからお財布以外って言ったんですね……」

――非常に気まずい……。

星野とひなた、二人に対して気を使ったことが全部裏目に出てしまった。

変な立ち回り方をしなければ良かったと後悔する。

「でも、そっか、そうですよね……。涼太先輩はなにも悪くありません……」

「ひなたちゃん……？」

「あんなダメダメなところもあるお兄ちゃんですけど、星野先輩みたいにちゃんと好きになってくれる人がいて良かったです……」

「それは、心からそう思ってる……？」

ひなたの目から一つぶ、二つぶと涙が溢れた。

「いえ……。ちょっと、複雑です……」

そう言って無理に笑顔を作ろうとするひなたが、ひどく健気でかわいそうになった。

――これは、第三の関所突破……とは、言えないよな、さすがに……。

慰める相手が俺で良いのかはわからないけれど、俺は隣で、ただ黙って彼女が泣き終わるのを待っていた。

＊　＊　＊

フードコートの窓際。

大きな窓のそばに移動して、俺たちは静かに時間を過ごしていた。

「――はい、飲み物買ってきた」

「ありがとうございます、涼太先輩……」

ひなたにココアの入った紙カップを渡すと、ひなたはテーブルの上で、それを両手で包むようにして手を温めていた。

「外、吹雪いてるね？　いつの間に降り出したんだろ？」

「私たちがここに来てすぐあとぐらいかもしれません」

「帰れるかな？」

「どうでしょう……電車、止まってるみたいです」

「えっ⁉　どっからの情報⁉」

「先輩が飲み物を買ってきてくれているあいだに調べておきました。大雪警報発令中みたいです。電車、すぐに復旧できるか微妙みたいですね……」

有栖町周辺は一度雪が降り出すと交通が一気に悪くなる。

特に電車が一度止まるとなかなか復旧の目処が立たなくて不便だ。

「とりあえずひなたちゃんは家に連絡を入れておいたほうが……」

「…………」

「ひなたちゃん？」

ひなたはココアの容器をじっと見つめてなにかを考えていたが、前髪がだらんと下がっていて、表情までは見えない。

俺は心配しつつ、自分のスマホのディスプレイを見てみたが、晶からＬＩＭＥが入っていたので見てみた。

内容を要約すると、親父も美由貴さんも今日はこの大雪で電車が止まってしまい帰れなくなったとのこと。それぞれビジネスホテルかどこかに泊まるそうだ。

あとは、ひなたの心配をするＬＩＭＥばかり。

『ひなたちゃん話してくれた？』

『ひなたちゃん大丈夫そう？』

『ひなたちゃんが落ち込んでたら元気を出させるのだ！』

そんな感じで、直接ひなたに訊けないぶん、晶は俺を通じて知りたがっていた。

しかし、電車が止まっている以上俺たちもなかなか行動できない。

今はもう夕方だし、吹雪が去って電車が復旧するのをこのままずっと待ち続けるしかないか。

「晶、家で待ってますよね？　涼太先輩はもう帰ってもらっても大丈夫です」

「ひなたちゃんはどうするの……？」

「私は、もう少しここで電車が動き出すのを待ちます……」

ひなたの家は結城学園前駅から少し歩いたところにある一軒家。

ここからだと歩いて帰っても遠いし、電車の復旧を待つにしても保証はない。

「あの、お父さんとお母さんは？」

「たぶん、お仕事で……」

「じゃあ光惺に迎えに来てもらうとか――」

「お兄ちゃんに迷惑をかけたくありません……」

「そ、そっか……。でも、光惺も心配してると思うけどな～……」

「これもお兄ちゃん離れの一つです……」

そうは言っても、なんだか無理をしているように見えるのだが……。

「もし電車が止まったままだったらどうするの？」

「この近くに、どこか、泊まります……」

それもどうかと思ったが、この状態で一人にしておくわけにもいかない。

しかし俺までここに釘付けになるのは——あ、そっか。

「それなら仕方ない。電車も止まってるみたいだし、もういっそ外泊する？」

「え……？」

＊＊＊

「ただいま～……さっぷ～……」

「おかえり、兄貴！　ひなたちゃんもいらっしゃい！」

「お邪魔します……」

俺はひなたを家に連れて帰った。

俺の家はショッピングモールから二駅のところだったので、大混雑の駅でなんとかタクシーを拾って帰ってきたときは、すでに夜の八時を回っていた。

「晶、タオルをくれ……」

「──ほい。ひなたちゃんもこのタオル使って♪」

「あ、ありがとう……」

身体(からだ)についた雪を払って、晶から手渡されたタオルで身体を拭いた。

「外、大変だったみたいね？」

「ああ。まさかこんなに吹雪くなんて想定外だった……」

「警報解除されてないみたい。電車、朝まで止まったままだったかも」

「良かった。あのままだったらまずかったな……」

もし俺たちの判断が遅かったら今ごろはあのあたりでホテルをとるしかなかったのかもしれない。

「あ、お風呂(ふろ)入れておいたからひなたちゃん、先に入ってきてよ」

「あ、あの……」

晶は「いいからいいから」と言ってひなたに着替えを渡す。

「あ、僕のでよかったら使ってよ」

「美由貴さんのじゃなくていいのか？」

「兄貴、それどういう意味？　デカメロンか？　ひなたちゃんがデカメロンだからサイズ的にってそう言いたいのか？」

「ちがっ！　そういう意味じゃないっつーの！」

まだあのことを根に持ってるのか？　ググってもいないのに……。

「うちにお泊まりだからって、僕のひなたちゃんに手ぇ出すなよ！」

「その『手ぇ』って言い方嫌いだ。建さんみたいだ」

「べつにフツーじゃん？」

「いいや良くない！　そこはせめて『お手手』にしなさい！」

「僕のひなたちゃんにお手手出すなよっ！　……って、これなんか情けなくない？」

「ああ、うん。なんかアホっぽいな？」

俺と晶のやりとりを見ていたひなたは玄関先で呆然としていたが、そこでくすりと笑ってみせた。

「どしたの、ひなたちゃん？　なんか僕ら、可笑しかった？」

「うん、なんか、可笑しくって。ほんと二人、仲が良いんだね？」

そこに嫌味のようなものはなく、純粋に面白いから笑っているのだと伝わってきた。

「ほら晶、ひなたちゃんを早く風呂に連れてってやれよ」

「うん♪　行こうひなたちゃん！」

「ありがとう、晶」

　そうして二人は仲良さそうに風呂に行き、晶がしばらく帰ってこないところをみると、どうやら二人で風呂に入っているらしい。

　まあ、ひなたのことは晶に任せておいて大丈夫だろう。

　ところで──二人が風呂に行っているあいだ、俺は光惺に電話をかけることにした。

「──あ、もしもし光惺？」

『涼太、ひなたは？』

「……安心した」

　やっぱり、お前の第一声はそれだよな。

「うちに来てる。今日はうちに泊まるってさ」

『そっか……』

「心配だったら明日の朝迎えに来いよ」

『いや、行かね』

「いいから、頼む」

　少し間が空いたが、電話越しにため息が聞こえてきた。

『……ま、考えとくわ』

「考えなくていいから来い。──それとな、光惺……」

『ん？』

「ひなたちゃん、お兄ちゃん離れしなきゃって言ってた」

『……そっか』

「寂しいだろ？」

『べつに……』

まあ、今の「べつに」は寂しいってことだろう。

「あっそ。──まあ、たぶん、今は晶と一緒だしもう大丈夫だろ」

『悪いな……』

電話口では今光惺がどんな顔をしているかわからない。

ただ、いつもの仏頂面とは違うだろうということはわかる。ひなたが無事で安心している。そういう声のトーンだ。

「そうだ。さっき星野さんと会ったぞ？　お前、星野さんとどんな感じなんだ？」

『それ、言いたくねぇ』

「なんで？」

『……最初っから、わかってるから。星野の気持ち……』

「でも、勉強会を断らなかったのは、俺とひなたちゃんの件があるからだよな？」

『……………』

沈黙が答え――光惺は昔から変わらない。

「俺とひなたちゃんを付き合わせようとした。だったら俺が星野さんとお前を付き合わせようとしても文句は言えない。だから勉強会をする提案を一度は嫌がっても、けっきょくやることにしたんだろ？」

――光惺はそういうやつだ。

お互いに、平等に、対等に、公平に――そういうルールはきっちり守るやつ。

いや、これは光惺がそういうやつだと思いたいという俺の願望かもしれない。

そもそも女嫌いのあいつが星野と月森と一緒の空間にいたいはずもなく、今回の勉強会は譲歩することにしたのだろう。

でも、光惺にとっても、今回の勉強会は良い機会になった。

俺やひなた以外に、光惺のことをちゃんと思ってくれている人がいるのだと気づく良いきっかけになったのかもしれない。

『……考えすぎ。べつにそんなんじゃねぇって』

「もし俺がひなたちゃんと付き合うことになったら、お前も星野さんと付き合うか？」

『べつに、誰と誰が付き合おうが、俺には関係ないし』

「だよな？　自分は自分だし、他人は他人だ。——だから訊きたいんだけど、星野さんのことはどうするつもりだ？」

『……俺は、誰とも付き合わない』

まあ、わかっていたことだが……。

「なら、『フる』でいいんだな？」

『ああ……』

「わかった。それだけ気になっていたから。話せて良かったよ——」

『涼太』

「ん？」

『お前、ちょっと変わった？』

一瞬なんのことか理解できなかった。

「なにが？」

『いや、変わってねぇか。相変わらず鈍感だしな……』

「おい、それ、どういう意味だ？」

『なんでもね。じゃあ切るぞ——』

一方的に電話が切れた。

あいかわらずよくわからないところで話を切り上げるやつだ。

——それにしても鈍感か……。

ふと月森から受け取った買い物袋に目をやる。

「これ、なんだろ……？」

ビニール袋には水色の包み紙で綺麗（きれい）にラッピングされた少し大きめの箱が入ってる。

まだ中を確認してないが、星野曰（いわ）くクリスマスプレゼントだということらしい。

そこに風呂上がりの晶とひなたが、身体からほかほかと湯気を立てながらやってきた。

「ふひぃ～……。兄貴、お風呂どうぞ～」

「ああ、うん」

「あれ？　兄貴、それなに？　——もしかして僕へのプレゼントとかっ⁉」

「いや、違う……。これは月森さんから俺へのクリスマスプレゼントらしい」

「一週間前なのに？　……って、月森って理系女子（リケジョ）のっ⁉」

晶は驚いた様子で俺のそばに寄ってくる。

「ああ、なんか今日くれた……。それにしてもなんだろうな？」

「ま、まあ、僕の予想だと、兄貴が喜びそうなものだと思うけどね！」

――なんで面白くなさそうな顔をしてるんだ？

「月森にちなんで『月の土地』とかかな？」

「兄貴、それもらって嬉しいの……？　せめて森のある土地の権利じゃない？」

「成金か？　月森さんは意外にロマンチストだぞ？　それに高校生が森とか土地の権利をもらってもなぁ――」

俺は箱を取り出し、包装紙を丁寧に開けてみた。

クリスマスプレゼントはクリスマスの朝に開けるものだという話だが、俺はクリスチャンではないので気にしない。

むしろ、高価なものだったらそれ相応のお返しをしなければ――ん？　んんっ⁉

「涼太先輩……」

「兄貴、これって……」

「ああ。これは、そうだな……なんというか……――」

――グローブ。野球の、グローブだ……。

えっと……なんで？

「俺、いつ野球やってるとか言ったっけ？　え？　言ってないし、俺は元バスケ部で……」

「ちゃんと思い出してみなよ？」

思い出す限り野球の話はしてこなかったが……。

「まあ、クリスマスプレゼントの話題で寒いから手袋がほしいとかなんとか言った気もするけど……」

「で、グローブ？　手袋の代わりにしては革がぶ厚過ぎない……？」

「ロマンチックですか、これ……？」

ひなたも小首を傾げている。

「兄貴、なにかの暗号かもよ？　ほら、グローブ……グラブからのラブとか……告白っ⁉」

「ないだろ。そんな回りくどい告白の仕方されても気づかないだろ、フツー……」

──いや、待てよ……。

『そもそも送られたことに気づけないかも。真嶋くんの場合、鈍感だし』

「そっか、アレシボメッセージかっ⁉」

「アレシボ……なに？」

「涼太先輩、なんですかそれ？」

なるほど、そういうことか……。

「アレシボメッセージ……。月森さんから教えてもらったんだけど、何十年か前にアメリカのアレシボ天文台から宇宙に向けて送られたメッセージのことだ」

「それが、なんで野球のグローブと関係しているんですか？」

「野球はアメリカ発祥のスポーツ。グローブはボールを捕るための道具。英語でキャッチ……つまり、ちゃんとメッセージをキャッチせよってわけだ！」

「……どゆこと？」

「つまり！　これは鈍感な俺に、きちんと周囲の気持ち、メッセージをキャッチしろという月森さんなりの応援のつもりなんだ！」

「「ああっ！　なるほどっ！」」

妹たちがなぜか力強く納得した——いや、そこまで納得しなくてもよくないか？

ひなたちゃんまで……。

とりあえず。

月森がものすごく理知的で深い人だと俺たちは同意した。

＊＊＊

その日の夜更け。

晶が静かに俺の部屋にやってきて、ひなたの件を訊いてきた。

ひなたは晶の部屋でおしゃべりをしているうちにすぐに寝入ってしまったらしい。

俺と晶は夜更かしに慣れているので、この時間帯は目がギンギンに冴え渡っているが、ひなたならとっくに寝ている時間だろう。

今日のことを順を追って話すと、晶は「やっぱりか」となにかを納得している様子だった。

「それで、兄貴はどうするの？」

「なにが？」

「だから、その……ひなたちゃんと付き合うのかどうかとか、もろもろ……」

「俺がひなたちゃんと付き合ってもいいのか？」

「良くはない！　良くはないけどさ……ひなたちゃん可愛いし、良い子だし、付き合いが長い兄貴とならお互いのことよくわかってるだろうし、お似合いかなって思っちゃうと、僕はなにも言えないし……」

声が尻すぼみになっていくのを聞きながら、俺はやれやれと苦笑いを浮かべた。

「そんなわけないだろ？」

「え？　じゃあひなたちゃんと付き合わないの？」

「付き合えない。そもそもその件は勘違いだったって結論で流れたし……それに、まだいろいろ光惺の件で悩んでると思うんだ」

「え？　でもお兄ちゃん離れしたいって、兄貴と手も繋いだんだよね？」

「したいのと、実際にするのとでは違う」

「ああ、うん……それはまあそうかもだけど……」

「そのひなたちゃんの心傷につけこんで、俺がお兄ちゃんポジションいただきってわけにはいかないからな。──とりあえず、ひなたちゃんには気持ちを整理する時間が必要だ」

「そうだね。考える時間、ひなたちゃんには必要かも……」

俺はやれやれと苦笑いを浮かべた。

第三の関所──ひなたの件については、あとは静かに答えが出るのを見守るしかない。

ここから先はひなた自身が考えて行動すること。

さっきまでの様子を見ていたら、もう落ち着いたし大丈夫かもしれない。なにかあれば今日みたいに俺たち兄妹でひなたを支えていけばいい。

「それで、晶のほうはどうだ？　二年のコース選択の件とスカウトの件、決められそうか？」

「まだ、迷ってる……。あとちょっとで答えが見つかりそうなんだけど……」

第四の関所――二年のコース選択。

そして第五の関所――新田さんからのスカウトの件……。

でも、どちらも答えは来週には出さなければならないし、第五の関所が最大の難関だ。

なにせ待ち構えているのは夏侯惇――あの新田さんなのだから……。

「俺から意見を言ってもいいか？」

「なに？」

「終業式がコース選択の希望用紙提出期限だけど、実際は先延ばしにできる」

「どゆこと？」

「最終的な判断は三学期の三者面談で決まるんだ。理系か文系か悩んでるなら、来週の成績発表のあとにもう一度考えたらいい」

たとえば現時点では第一希望を理系コースに、第二希望を文系コースにすればいいと話したら、晶は「なるほど」と納得した様子だった。

「もしかすると重要なのは特進クラスにするか進学クラスにするかじゃないか？　特進を選んだら授業時間が七限になるから、自分のライフスタイルと照らし合わせてそこも考えたほうがいいかもな」

「僕のライフスタイル？」

「このまま部活も頑張りたいんだろ？　もし新田さんのスカウトを受けるんだったら、特進の勉強は厳しいかもな？　塾通ってるやつ、多いみたいだし」

「そっか……」

「ああ。それと、ついでに言えばスカウトの件は受けてみるのも悪くないと思う」

「え？　なんで……？」

「新田さんと話して、あの人がマネージャーなら信用できるって思ったから。――まあ、ちょっと怪しい人だけど、ちゃんとお前を鍛えてくれそうだ」

「そっか……」

「自信のなさは克服できると思う」

「そうかな……？」

　俺は晶の頭に手を置いた。

「晶、思い出してみろ？　どうして花音祭（かのんさい）の演劇の件を引き受けることにした？」

「それは、人見知りを克服したくて……」

「なんでだ？」

「兄貴や母さんたち、それにひなたちゃんに心配をかけたくないからで……」

――そう。

それこそがまさに答えだった。

「そこだ。晶が頑張れる理由は『みんな』だ。これまで応援してくれたみんなのために頑張ればいいんだ。それがお前自身の自信に繋がるはず。演劇部やひなたちゃんのためにジュリエットを引き受けたのだってそうだし、あの光惺を舞台に引っ張り出したんだからな？」

晶はそれでも不安そうな顔をした。

「でも、僕、兄貴と離れ離れになっちゃうかも……。兄貴のそばにいたいよ……」

晶がスカウトを断った理由はそこだったな。

俺はニヤリと口の端を持ち上げた。

「それが、一つ良い方法が見つかった――」

12 DECEMBER

12月18日（土）

兄貴がひなたちゃんを連れて帰ってきた！

ひなたちゃんはちょっと暗い顔だったけど、私と兄貴が話してるのを見てちょっと元気になったみたい。

ひなたちゃんとお風呂に入ったけど、ひなたちゃんはいつも通り明るかった！

それに、いろいろ兄貴のいいところを話してくれた。

でも、「手を繋ぐことがあるの？」って聞かれて「なんで？」ってなったけど、なんかあったのかな？

それにしても、むぅ〜……。

ひなたちゃん、やっぱり大きいし、キレイだった……。

私もひなたちゃんみたいにスタイル抜群になりたい……。

そのあと月森先輩のプレゼントを見てグローブだったのには驚きだった！

鈍感な兄貴への戒めのためにグローブを贈るとか、意味が深すぎて驚き。

すごく真面目な人なんだと思ったけど、いくらなんでもグローブをプレゼントするかな？

やっぱり私の説、グローブ、グラブからの「ラブ」なんじゃないかなと思う！

私の愛をキャッチして、的なっ!?

だったらマズい！　兄貴にはこのまま勘違いしておいてもらわないとっ!?

それはそうと、兄貴はやっぱり兄貴だった。

私のコース選択の件とスカウトの件、ちゃんと考えてくれてて、私にとって一番の方法を提案してくれた！

１週間後、クリスマスに新田さんに話すのがなんだかドキドキしてきた〜！

第10話 「じつは『兄貴千里行』④ ～第四の関所……の前にちょっと休憩して～」

「──一月は行く、二月は逃げる、三月は去ると言うように、え～……──」

十二月二十四日金曜日──クリスマスイブ、そして二学期の終業式。

長い長い校長の話のあとにクラスでホームルームがあった。

冬休みは短いので大事に過ごすようにということと、来年の今ごろは受験寸前という話を聞かされ、俺もこれからのことを真剣に考えていく必要がありそうだ。

ホームルームのあと、帰り支度を済ませた光惺(こうせい)を引き留めて話をした。

「光惺、今日も昼過ぎからバイトか？」

「ああ」

「イブなのに大変だな。──最近、ひなたちゃん、家での様子は？」

「まあ、いつも通りだけど……少し変わったな」

「変わった？」

変わった──というのは良い変化のほうだろうか。

先日一緒に出かけてうちに泊まったときから、俺とのあいだにあったぎこちなさもなくなり、ひなたの表情が前と同じように明るくなってきた。

家では——光惺の前ではどうなのか気になっていた。

「あいつ今まで以上に芝居、頑張るんだってさ」

「そっか……」

もしかすると、お兄ちゃん離れをするためにほかのことで気を紛らわせたいだけなのかもしれないが、やりたいことがあるのはいいことだ。

光惺の表情もどことなくほっとしているように見える。

これで第三の関所は突破ということでいいのかもしれない。

「ひなたはいいとして、星野の件……」

「え？　ああ、うん……」

「このあと呼び出されてるから行ってくる」

「そっか。星野さんとちゃんと話すんだな？　珍しー」

「ん？」

「いつものお前だったらこういうとき話しすらしなかったろ？　もしかしてＯＫするとか？」

「うっせぇ……」

光惺は怠そうに金髪を掻き上げた。

「光惺、あとさ……」

「なんだよ？」

「……いや、お前ってほんとなに考えてるかわからないやつだけど、良いやつだなって思ったんだ。——これからもよろしくな」

「なんだよ、いきなり……。そういうのキモいって」

光惺が照れ臭そうにまた金髪を掻いた。

「俺のことより、お前のほうもなんとかしろよ？」

「なんとかって？」

「鈍感野郎」

「はぁっ⁉　なんでいきなり罵声を浴びせたっ⁉」

「事実だから。——じゃあな、涼太」

去り際、光惺は良い顔をしていた。

前までのツンケンした様子もなく、少し表情が和らいだ気がする。

まあ、どうしてもイケメン補正がかかっているせいでクール野郎に見えるのだが、付き合いの長い俺から見たら、ずいぶん柔らかい表情になったなと思った。

なんにせよ、星野ときちんと向き合ってくれたらそれでいい。

さて、俺も——と、振り返ると月森が左肩から下げたバッグをギュッと握って立っていた。どうやら俺と光惺が話し終わるのを待っていたらしい。

「あの、真嶋くん……」

教室の喧騒を縫う綺麗な声に、少しだけ震えが混ざっている。

「話があるんだけど……」

「俺に？　なに？」

「ここでは話しづらい話……だから……——」

月森は恥ずかしそうにキョロキョロとあたりを見回す。

恥ずかしそうにしている月森を見るのも珍しいが、俺も少し緊張していた。

「ちょうど良かった。俺も月森さんに用があったんだ。寒いけど屋上に行こっか？」

「うん……」

それから俺と月森は屋上に向かった。

＊　＊　＊

「──それで、俺に用ってなに？」

さっそく本題を切り出すと、月森は誰もいない屋上でキョロキョロとあたりを見回す。

なにかよほど言いにくいことなのだろう。

「どうしたの？」

「その……」

いつもの様子と違う。

月森が顔を真っ赤にしているのは、寒いせいばかりではないようで、さっきから俺と目を合わせてくれない。視線を合わせづらい、そんな感じだ。

彼女のメッセージをキャッチする──が、やっぱり鈍感な俺には難しそうだ。

そうして寒空の下で待っていたら、ようやく月森も言葉を見つけたようで、ふっと顔を上げた。

「真嶋くんに渡したクリスマスプレゼント……」

「ああ、うん……」

「中、見た……？」

「あ、うん……。もう見ちゃった。中身、野球のグローブだった」

「そ、そう……」

月森は顔を真っ赤にして俯いた。

なるほど、これは確認したかったのか。

自分でもわかりにくいメッセージを込めてしまったと思って、気まずいのかもしれない。

「大丈夫。ちょっと驚いたけど、月森さんのメッセージ、ちゃんと受け取ったから」

「え？　メッセージ……？」

月森は小首を傾げた。

「月森さんが前に言ってたアレシボメッセージ。まさに鈍感な俺にはぴったりなプレゼントだったよ」

「アレシボメッセージ……？」

月森は小首を反対側にも傾げる。

まるで「なんの話？」と言わんばかりで、俺も戸惑い始めた。

「だから、アレだろ？　俺が鈍感だから、きちんと周りの人のメッセージをキャッチしろって意味で――」

「……間違えたの」

「ほら、やっぱりそういう――え？　ま、間違えた？　なにを!?」

「プレゼント、べつのを渡しちゃった……」

「…………え？」

俺は固まった。

月森も言いにくそうにして俯いた。羞恥で顔を真っ赤にしている。

「あれ、下の弟が少年野球やってて、グローブがボロボロだからって……でも、あの日、なんかパニクっちゃって、慌てて押し付けちゃって……──ごめん……」

……。

…………。

…………なるほど。

「ほ、ほら！　やっぱりね⁉　そうじゃないかなって思ってたんだっ！」

──なにがアレシボメッセージだ。

いや、そう勝手に解釈したのは俺だが……。

知的生命体の端くれとして、ほんと恥ずかしい……。

「だから返してもらいたくて……」

「え、ああ、うん……。返すよ。いつがいい？」

「いつでも大丈夫。弟のクリスマスプレゼント、べつのものを用意したから……」

「わ、わかった……。じゃあ早いうちに返すね？」

「ごめん……」

「いや、いいって……。あ、そうだ——」

俺は鞄をゴソゴソと漁り、プレゼントの包装がされた掌サイズの箱を取り出す。

「——はい、クリスマスプレゼント」

月森は信じられないというように驚いた顔を見せた。

「私に……？　真嶋くんから……？」

「うん。返さなきゃいけなくなったクリスマスプレゼントのお返し」

今の言い方はややこしいが、プレゼントの中身は至ってシンプルなもの。

喜んでくれると嬉しいが……。

「勉強会でお世話になったぶんも含めて、感謝の印として受け取ってほしいんだ」

月森は受け取った箱をまじまじと見つめる。

まだ自分が受け取ったことを実感できていないみたいだ。

「開けていい……？」

俺が「どうぞ」と言うと、月森は紙が破れないように慎重に包装を開けていく。

「――これ、ポップグリップ？」

俺は「そう」と言って苦笑いを浮かべた。

「月森さん、前に新しいスマホが欲しいって言ってたけど、俺の財力じゃさすがに……。ということで、気に入ってくれたら嬉しいんだけど……」

月森にプレゼントしたのは、スマホの後ろにつける丸いポップグリップ。

これは「月森」にちなんで『月』と『森』のデザインがあしらわれた特注品。

プレゼントはなにがいいか美由貴(みゆき)さんに訊いてみたら、そういう一点ものを扱ったり作ってくれたりするお店を紹介してもらえた。しかも美由貴さんの口利き(くちき)で、忙しい時期なのにたったの三日で仕上げてもらえたのだった。

さすが美由貴さん、こういうときに顔が広くて助かるし、俺では思いつかなかった。

あとは喜んでもらえたらいいが――

「ありがとう！　嬉しい……！」

――どうやら心配要らなかったみたいだ。

月森が満面の笑みを浮かべている。

微笑(ほほえ)みとかではなく、明るくて、綺麗な笑顔。

初めて見るその笑顔に、俺は思わず胸が高鳴った。

「これ、一生大切にする……！　ありがとう真嶋くん！」

——ちょっと大げさすぎないか？

そう思いつつ、俺は照れて首の後ろを掻いた。

「あ、えっと……。そこまで喜んでもらえるとは思ってなかったから、嬉しいな……」

そのあと俺は月森から渡されるはずだったプレゼントを渡された。

中身はグローブではなく厚手の手袋。

この時期マストなアイテムで嬉しい。

俺が欲しいって言ってたのを、覚えてくれていたのか。

「あったかぁ～！　ありがとう！　これ、今日から着けるよ！」

「うん！」

「じゃあ俺は用事があるからこれで——」

「あの、真嶋くん！」

先に行こうとしたら引き留められた。

「ん？　なに？」

「こないだは、勝手に誤解しちゃって、ごめんなさい……」

「えっと、なんの話？　誤解？」

「誤解……。でも良かった……」

俺は小首を傾げたが、月森は満面の笑みを浮かべたままなにも言わなかった。

月森と別れたあと、俺は急いで演劇部の部室に向かった。

＊＊＊

昼過ぎ。

演劇部のクリスマス会兼二学期お疲れサンタ祭り（？）は『洋風ダイニング・カノン』を貸し切って行われていた。

しかも、なんと女子たちが全員サンタコス……。

じつは、俺がこのあいだ女子たちの下着を見てしまった日の衣装合わせ——あれはこの日のためだったらしい。

いつもお世話になっている裁縫部がクリスマス用にと準備してくれたらしく、女子たちはそれぞれ違ったサンタコスを身に纏（まと）っている状態だ。

ちなみに裁縫部なのだが、来年の新入部員獲得のために、うちの部員たちの花音祭での
メイド姿やら今回のサンタコスやらの写真を使うらしい。

持ちつ持たれつってやつだが――まあ、なんというか……。

肌の色が多くてちょっとだけ居心地が悪い。

貸切のお店で女子たちがこの手のコスチュームを着けていると、なんだか建さんが俺を
しきりに連れて行こうとしてくるオネーさんだらけの飲食店のイメージになってしまうが
……まあいい。

とりあえず夕方まで飲み放題食べ放題で楽しく騒ごうという話になったのだが――

「ばぁ～ろぉ～！　飲まねぇとやってらんねぇわぁ～～～！」

――ウーロン茶で酔っ払っているこの飲んだくれ演劇部部長の西山を先になんとかして
おくか。

「西山、飲み過ぎだぞ？　……ウーロン茶だけど」

「なんですかぁ～？　べつに私のこと好きじゃないなら先輩は引っ込んでおいてください～！」

――うっわ、めんどくせぇ……。

あくまで演劇部らしく演技で酔っ払っているだけなのだが、さすが部長だけに妙に上手

くて鬱陶しい。

「部長がそんなんでどうすんだ？　他の部員に示しがつかないだろ？」

「部長部長って、先輩は私の苦労なんてな～んにも知らないくせにぃ～～～……」

――超めんどくせぇ……。

「知らないけど――って、オイ！　抱きつくなっ！」

「いいじゃないっすかぁ～？　先輩と私の仲ですよね～？　私のために演劇部に入ってくれたとか、先輩私のこと超ラブじゃないっすかぁ～～～？」

「おい！　彼氏ができないからって俺に絡（から）むな！」

「こんなことするの、真嶋先輩だ～けで～すよぉ～？」

――超超チョ――めんどくせぇ……。

あの晶（あきら）でさえこの状況を知っておきながらスルーして他の部員たちと仲良く話している。

君子面倒臭きに近寄らずとは言うものの、今こそ兄を助けるときではないのか？

晶、一度しか念じないからよく心で聞いてくれ――助けてぇ――っ！

「西山、いいかげんにしろ！」

「だってだってぇ～！　世間ではリア充どもがイチャコラしてるのに、私は彼氏なしなんだよ～？　――私、寂しいの……」

急にしおらしくなりやがって……。

一人で三人分のうるささを体現できるこいつが寂しいわけがない。

「私ってば、こう見えて超イイ女なんですよ？」

——ふむ。

「……聞こうか」

「意外と、尽くすタイプで～……」

「散々人を尽くさせている気もするが……？　特に俺とか」

「空気とかも読めて～……」

「楽しいはずのクリスマス会兼二学期お疲れサンタ祭りの前に悪霊（あくりょう）になって空気をぶち壊してた気もするが……？」

「一途（いちず）なんですぅ～！」

「彼氏じゃない男に酔っ払った演技して抱きつくやつのどこが一途だ……」

俺がいちいちツッコんでやると「いちいちツッコまないでください」と怒られた。

怒り返してやろうと思ったが、その気も失（う）せ、俺は鞄から西山用に準備しておいたアレを渡すことにした。

「そんなお前にクリスマスプレゼントを用意してきた」

「えぇっ⁉　マジっすか！　真嶋先輩のツンデレ超大好き！」

「はいはい……。デレてねぇけどな？」

――まったく、現金なやつめ……。

まあ、俺というか晶と美由貴さんチョイスなのだが、こういうとき女性意見が聞けるので二人がいてくれて本当に助かる。

「――ほら」

「えぇ～？　なんか箱が小さくないですか～？」

「要らないなら回収――」

「ああっ！　要ります要ります！　超欲しいです！　これ、なんですか？」

なんだか気恥ずかしいが「丸い物」と言って、俺は首の後ろを搔いた。

「丸い物……？」

西山は「なんだろう～」と嬉しそうに箱を開けてみる。そして――

「先輩、これって、まさか……――」

――信じられない、でも嬉しいという顔で口元を手で押さえ、肩を震わせ、俺の顔と箱の中を交互に見る。

「まあ、選ぶのにいろいろと気を使ったけど……たぶん似合うんじゃないか……？」

「そんな、でも、そういう前振りとかなかったじゃないですか……」

「そりゃまあ、サプライズで喜んでくれたらと……」

すると西山の目元が徐々に潤み出した。

「嬉しい……こんなの、ほんと、ダメですよ……泣いちゃいます、からっ……」

「そ、それなら、良かったけどさ、大袈裟だって？　……泣くなよ？　な？」

西山は涙を目に溜めながら、笑顔で首を横に振った。大袈裟なんかじゃないと──

「真嶋先輩からの、婚約指輪……。お願いします、つけてください……──」

西山はそっと箱を持っている右手と一緒に左手の薬指を差し出してきた。

そう。

俺が西山に手渡したのは婚約ゆ──

「──って、オイ！　迫真の演技で嘘つくなっ！　ただのリップだよリップ！」

俺のほうがサプライズを喰らった気分だ。途中までそうだったっけ？　と思ってしまった。こいつはなんのために演技力をつけているのかわからないな、ほんと……。

「真嶋先輩がいつも使ってるやつですか？」

「使ってねぇ！　美由貴さんチョイスだ！」

晶から西山の趣味や好みを聞いてもらい、美由貴さんにいろいろ相談して選んだもの。

まあ、たぶん西山に似合うとは思う。

「でもこれ、高かったんじゃないですか？」

「気にするな。これくらいじゃ感謝に値しないけど、受け取ってくれ」

「なんの感謝ですか？」

「……晶の居場所をつくってくれて。あいつ、演劇部が好きだから……。毎日学校に行くのが楽しいんだってよ」

「なんだ、やっぱり晶ちゃんのためじゃないですか。……このシスコン」

「うっせぇ。俺は兄バカだ……」

俺と西山は小さく笑った。

「それにしても、そうですか、晶ちゃんが……。なら、嬉しいです。頑張った甲斐がありましたね……」

「それに、晶の芝居の才能を見つけてくれたのはお前だしな」

スカウトを受けることになったきっかけも、そもそも演劇部に晶が誘われなかったらなかったことだし。

「というわけだから……ありがとう、部長。これからもよろしくな？」

「な、なんですか急に⁉　こっちが先輩と晶ちゃんに感謝なんでそういうのやめてください！」

「お、おう……」

それから西山は大事そうに箱からリップを取り出し、手鏡を持ってその場で塗ってみせる。

「――どうですか……？」

さっきまでのニセモノ臭さがなくなって、今度はしっかりと大人っぽい女の子に見える。

黙ってれば可愛いと思うんだけどな……。

「いいんじゃないか？　似合ってるぞ」

「モテますかね？　私、可愛いですか？」

「それ塗ってその口を閉じてれば可愛いって錯覚を起こしそうだし、モテるんじゃないか？」

「むっ！　やっぱり真嶋先輩、私のことただのうるさい後輩だと思ってますよね？」

「よくわかったな？」

すると西山はくるっと横に一回転して、

「もう！　ぜったい可愛くなって見返してやるんだからっ！」

あざとく可愛い感じで人差し指を俺に向けてきた。

「あ、そういうのはいいんで、部長として頑張ってください……」

そのあと西山から渡されたプレゼントは柄物のハンカチ二枚セット。

これで汗をふきふき演劇部のために頑張ってくださいとのことで、本当に可愛くないやつである。

＊＊＊

ひと通りプレゼントを配り終え、最後はひなたのところに行った。

「ひなたちゃん、俺からもプレゼントを渡すね――」

「ありがとうございます涼太先輩。私からも涼太先輩に――」

ひなたからのプレゼントは革製のペンケース。

すこし大人な感じの、それでいてかっこいいデザインのものだった。

俺からのプレゼントは、ひなたのポニーテールに似合いそうなシュシュ。

いちおう三つセットになっているもので、これも美由貴さんが知っている服屋さんの紹介で買ったもの。晶と一緒に選んだので間違いないはず。

「可愛い！　さっそく明日から使いますね！　ありがとうございます！」

すっかり元気になって良かった。

俺としてはひなたの笑顔が見られたほうが嬉しい。

「喜んでもらえてなにより。ひなたちゃんからのプレゼントも嬉しいよ。——あれ？」

「どうしました？」

「これ、手紙？」

「は、はい……。これまでのことや涼太先輩への感謝を伝えようと思いまして。上手く書けてる自信はないので、おうちで読んでくださいね」

「ありがとう、ひなたちゃん。大事に読ませてもらうよ」

ひなたとは毎年光惺も含めてプレゼント交換をしてきた。

でも、手紙付きは今年初めてなので、なにが書かれているか楽しみだ。

「それと涼太先輩にご報告があって……私、ようやくこれからどうするか決めました」

「どうするの？」

「しばらくお芝居に打ち込もうかと思います——」

それからひなたは芝居に打ち込むことで徐々にお兄ちゃんから離れていきたいと話した。

そのことは光惺から聞いて知っていたが、改めてひなたの口から聞けて良かった。

「そっか。じゃあひなたちゃんはお芝居を頑張るんだね？」

「はい！　今まで以上に全力で頑張っていきたいと思ってます！」

この笑顔なら、第三の関所は突破ということで良さそうだな……。

「それがいいかも。ところでさ……どれくらい本気で頑張るつもりなの？」

「どれくらい、とは？」

「たとえば、俳優とかそっちの道を目指すとか、そんなの……」

「私は、そこまでは、まだ……」

「まだってことは、やっぱりそっちの道に興味があるの？」

するとひなたは少し声を潜めた。

「じつは以前から声をかけてもらっている芸能事務所がありまして……」

「そうなんだ？」

おそらく新田（にった）さんのところのフジプロAだろう。

「ただ、今のところは断っています」

「光惺の件で？」

「それもありました。最近のスカウトも一度断りましたが、またお話ししたいと言われてましてまだ迷っています……」

俺が「そっか……」と返すと、「心配しなくても大丈夫です」と明るい笑顔を見せた。

「でも、自分のことなのでもう少しじっくり考えたいと思います」

「そうだね、それがいい。周りに左右されずに、自分で考えるといいかも」

「あの、そのことなんですが……」

ひなたは少し申し訳なさそうな顔で俺を見た。

「またいろいろ相談に乗ってもらってもいいですか？」

「スカウトの件？　俺に？」

「涼太先輩はうちのお兄ちゃんと違ってちゃんと親身になって話を聞いてくれるので、考えがまとまりやすいんです……」

まあ、本来はこういう相談は身内にするもの。

でも、お兄ちゃん離れをすることにしたひなたが相談できる年上のお兄ちゃん的存在は相変わらず俺のようだ。そもそも光惺なら「涼太に訊け」とか家で言ってそうだな。

とはいえ――二人で出掛けた日、手を握ったとき……。

あのとき、ひなたは戸惑った様子だった。そしてたぶんひなたは気づいたと思う。俺と光惺の違いに。

俺もなんとなくわかってしまったが、そこに恋愛的な感情の疎通はなく、やはり光惺のことが気になる——そういう感覚だった。

第三の関所を抜けたが、ひなたはやはりまだ光惺のことが心配で仕方がないのかもしれないと思った。

「いつでもどうぞ。あてになるかわからないけど俺でよければ相談に乗るから」

俺が右手を差し出すと、ひなたは俺の右手を握り返す。

「はい！　ありがとうございます、涼太先輩！」

ひなたは顔を太陽のように明るくした。

その笑顔はぎこちない感じではなく、いつもの、ひなたが俺に向けるもの。

念のための握手で、鈍感な俺でもわかった。

俺たちのあいだには恋愛的なものがないと。

そう感じると、なんだか安心した。ところが——

「あの、涼太先輩……」

「どうしたの？」

「たまにでいいので、こうして手を握ったり、腕を組んでもらえませんか？」

——ふむ。

なるほど、たまに手を握ったり腕を組んだりすればいいのか。それなら――

「――なんでっ⁉」

ひなたは声を潜め、俺の耳元で囁いた。

「あ、えっと、やっぱり涼太先輩は理想のお兄ちゃんといいますか、一緒にいて癒されるといいますか――私、じつは甘えたがりなんです……」

「えっ⁉　どゆことっ⁉」

「お兄ちゃんはこうやって甘えさせてくれないので、涼太先輩にこれからも甘えさせていただけたら、嬉しいな～……なんて？　ダメですか……？」

光惺や周りのみんなの前ではしっかり者を演じなければならないひなたは、どこかで誰かに甘えたいという気持ちがあったらしい。

多少持て余したが、俺はひなたのためにと、このお願いを承諾した。

そのあとはテンションの上がった西山が場の空気を盛り上げ、パーティーゲームで盛り上がり、そのあとみんなで記念撮影をした。

最後に円陣を組み、

「それでは～……、来年もみんなで一緒に頑張ろぉ――――――――っ！」

西山の明るい掛け声に合わせて「おーっ！」とみんなで叫んだ。

こうしてクリスマス会兼二学期お疲れサンタ祭りが終わり、俺たちは店の前で解散した。

いちおう年内の活動はこれで終了になるので、次は年明けからの活動になる。

その帰り際、晶は寂しそうにしていた。

「これでみんなとしばらくお別れか～……」

「まあ、なにかあれば召集がかかるわけだし、なにもなくても召集をかけてきそうな部長がいるから、冬休みも楽しく過ごせるだろ？」

「それもそっか」

そんなことを話しながら晶と帰っていると、有栖南駅に着いた。

イルミネーションライトが煌々と辺りを照らし、幻想的な光景が広がっている。

「綺麗だね、兄貴！　うわ～、なんかいつもより明るくて綺麗～！」

「そうだな。ライトの数が増えてるのかもな？」

「そうだ写真写真！　兄貴、あのツリーの下で一緒に撮ろっ♪」

晶に腕を引っ張られ、駅前のひときわ大きなツリーの前で、俺たちは並んで写真を撮った。

――さて、ここからが俺にとっての正念場。

晶が最高のクリスマスを迎えられるかどうか緊張してきた。

12 DECEMBER

12月24日（金）

今日は待ちに待った終業式！

しかもクリスマス会兼二学期お疲れサンタ祭りの日！

さらに明日は兄貴とクリスマス！

朝から楽しみで楽しみでルンルン気分で登校！

学校が終わって演劇部のみんなで『洋風ダイニング・カノン』に行った！

それで今日は、ちょっと兄貴の様子を遠くから眺めることにした。

兄貴は、プレゼントを配り歩きながら楽しそうにみんなと話していた。

私と母さんのプレゼントの提案はバッチリだったみたいで、兄貴から手渡されてみんな嬉しそうにしていた！

……でも、ちょっと月森先輩へのプレゼントは気合入りすぎてなかった？

もし月森先輩が兄貴のことが好きだったら……私の考えすぎ？

まあそれは置いといて、和紗ちゃんの機嫌も直ったし良き良き！

リップを塗った和紗ちゃんは大人っぽくて可愛かった！　もっと可愛くなって兄貴を見返してやるんだって！　深い意味は、ないと思いたいけど……。

それと、ここ最近ひなたちゃんも兄貴とぎこちなくなくなったからそれも良き！

ひなたちゃんのサンタコス、可愛くてたくさん写真撮っちゃった！

楽しいクリスマス会になったし、みんなとパーティーゲームやプレゼント交換までして、本当に楽しい一日だった！

みんなと三学期まで会えないけど、たぶん冬休み中にも会えるよね？

みんなで集まって、楽しいことをしたいな！

それから兄貴と一緒に帰ることになったんだけど……。

この後のことは本当に驚きの連続だった！

最終話「じつは『兄貴千里行』⑤ ～第四の関所を抜けていよいよ最後の関所へ～」

十二月二十五日、クリスマスの夜。

建(たける)は一人、いきつけのバーの扉をカランコロンと開けると、カウンターに見知った女が座っていた。女は建に気がつくと、そっと手にしていたカクテルグラスを傾ける。

「メリークリスマス、建さん」

「亜美(あみ)……」

新田(にった)亜美——フジプロAの社員、マネージャー。

建が最後に彼女を見たのは、結城(ゆうき)学園の花音祭(かのんさい)、晶(あきら)たちが演劇をしているときだ。

「ここ、まだ通ってたんだ？」

建はなにも答えず、静かに亜美の隣に座る。

「マスター、いつもの」

静かにグラスを拭いていた初老のマスターはコクリと頷(うなず)いてウイスキーのロックを用意する。

店内にゆったりと流れるジャズの音に混じって、アイスピックで氷を丸く削っていく音が心地よく響く。今ここには、建と亜美、そしてマスターの三人しかいない。

　マスターは建の前にコトリとできたばかりの酒を置くと、それが合図だったかのように亜美が口を開く。

「さ、乾杯しましょ？」

「なにに対してだ？」

「二人の再会とこれからに――」

「くだらねぇ。酒が不味くなる」

「せっかくのクリスマスよ？　楽しくお酒飲みましょ？」

　新田亜美は昔からこんな女だ。建に臆せず、冷たくあしらわれても明るく返す。

　それが建にとっては苦手だった。話があるならさっさと済ませたい。

「……で、俺に用があるんだろ？」

「あなたとお酒を飲みたくなったの」

「晶の件か……」

「なんだ、知っていたみたいね？　スカウトのこと」

「亜美って名前でピンときた。『新田』の姓はどっから手に入れた？」

　答える代わりにくすくすと笑う亜美を無視して、建はグラスの酒を不味そうに飲む。

「お前、うちの娘を芸能界に引っ張り込んでなに考えてやがる？」

「おもしろいこと」

「くだらねぇことの間違いだろ？　まだ赤い絨毯にこだわってんのか？」

「いいじゃない、レッドカーペット。夢があって――」

亜美はカクテルグラスを目の高さまで持ち上げてくるくると回し、光が変わるのを楽しそうに眺めている。

「役者はお前を飾るアクセサリーじゃやねぇ」

「もちろんそれくらいはわきまえてる。光り輝くステージにふさわしいのはあなたたち役者。私の仕事はあくまで影。いつも舞台の袖で見守るだけ。――ただ、そういう夢を一緒に見て、一緒に実現できる人が私には必要なの」

「意趣返しか……。亜美、お前まだ昔のことを――」

「復讐なんてくだらない。もちろん、私の復讐劇に誰かを巻き込むつもりもない」

亜美はカクテルグラスを置いた。

「晶ちゃんのあの才能は放っておけない、ただそれだけ……。誰かさんが私のものになってくれないから代わりを用意したかったの」

亜美はふっと笑う。

「でも、代わりどころか、もっと大きなダイヤの原石を見つけちゃった。あんな特別なオ能を持った子はほかにいない。私、晶ちゃんが欲しくなっちゃったの。——惚れちゃったの、彼女のジュリエットに。あなたのロミオに惚れたみたいにね……」

建がグラスを持ち上げると、中の氷がカランと音を立てた。氷が少しずつ溶けていく様を見ながら、建は小さくため息をついた。

「亜美、お前はこの七年浦島太郎だった。そのまんま竜宮城で楽しくやってれば良かったのに、バカでけぇ玉手箱を背負って戻ってきたみてぇだな」

「まだギリギリ黒字、でも落ち目……。知ってたのね、フジプロAの経営状況……。私の大事な子供のこと……」

フジプロAは十年以上前に亜美たちが立ち上げた事務所だった。

その後、親会社に転属になった亜美だったが、七年後の現在出向というかたちで再び戻ろうとしていた。

「晶と会ったあとに調べた。親会社がなんとかすると思ってたが、まさか出向とはな。足枷は外れねぇままか……」

「ポジションが空かないから仕方ないのよ。それでも待遇は今よりいい。——それに、大事な子供をこの手で救えるもの」

「そのためになにを犠牲に差し出すつもりだ？」

亜美はくすりと笑った。

「私のキャリア。この件が済んだら潔く幕を引くわ。私の人生は影だもの」

「出番が終われば消えるだけってか？　三文役者にもなれなかったお前が……」

「あらひどい。私の才能は演じることではなく見つけて磨くことだったってだけよ」

わざと怒ったふりをする亜美を尻目に、また建はグラスの酒を口に含んだ。

「それにしても……」

亜美は思い出したようにくすくすと笑った。

「もう一人、面白い子を見つけちゃった」

「誰だ？」

「真嶋涼太くん。晶ちゃんの義理のお兄ちゃん。彼、面白いわ。好きよ、ああいう子」

「……あいつがどうした？」

「それがね……――」

亜美は今日の昼下がりにあった出来事を思い出すように話し始めた――

＊＊＊

十二月二十五日土曜日、クリスマス。

この日、俺と晶は新田さんからもらった観劇のチケットでプロの演劇を観た。

「はぁ～……すごい感動しちゃった……」

「すごい迫力だったな」

観劇のあと、街中を歩きながら俺と晶は余韻に浸っていた。

初めてプロの俳優さんたちの芝居を見た。しかも、テレビに出ている俳優さんたちでみんな一度は見たことがある顔ぶれ。

それにも驚かされたが、その力強さと繊細さのコントラスト。

ストーリーの面白さに加え、プロの俳優さんたちの素晴らしい表現力を目の当たりにし、俺たちは思っていた以上の感動と興奮を味わい、劇場から出たあとも余韻が消えない。

「どうだ？　もしあの舞台に立つとしたら？　イメージ湧くか？」

「どうだろ、今は余韻に浸っててなんとも……。でも、あれだけの感動を僕が誰かに与えることできるのかな？」

「才能は認められているんだから努力次第だろうな。──まあ、でも、俺はなんとなく晶が舞台で立ち回る姿を想像できたぞ?」

「それ、乗せようとしてるだろ?」

晶は「もう」と言って、でも嫌そうな顔はしていない。

表情はどちらかというと晴々としていて、少し大人っぽく見える。

「さて、それじゃあそろそろ時間だし、新田さんに会いに行ってくるか」

「でもさ、兄貴、本当にいいの……?」

晶は戸惑うように俺の顔を見た。

「いい。俺も自分で決めたことだからな。兄貴に任せとけ!」

にかっと笑ってみせると、晶は顔を赤くして俺から目を逸らした。

それじゃあ晶と楽しいクリスマスを迎えるために、新田さんに会いに行くか──

＊＊＊

新田さんと会ったのはいつもの喫茶店。今は夕方近く。

「今日の舞台はどうだった?」

にこりと笑いかけてくるところを見れば、今日の舞台は相当自信があるらしい。

「感動しました」

「僕も、すごく感動しました」

「晶ちゃんは自分があの舞台で演じる姿をイメージできた？」

「……少しだけ、なんとなくですけど」

「ふふっ、なんとなくでもイメージできたら十分よ。その上でもう一度聞かせてもらいたいんだけど、晶ちゃん、フジプロA(うち)に来てくれないかな？」

新田さんは晶の感触を確かめて、質問というよりも確認という感じで話した。

もちろん晶の答えはここに来るまでに決めていた。

「――スカウト、受けようかと思います……」

新田さんは若干興奮気味に、表情をさらに明るくした。

「そう、それは良かった！　ご両親はなんて？」

「母さんたちは賛成してくれました。やりたいなら応援するから頑張れって感じで」

先日、晶は美由貴(みゆき)さんと親父(おやじ)にやはりスカウトを受けたいと話した。

美由貴さんも俺と話したあとにいろいろ親父と相談していたらしく、二人はにこりと笑って了承してくれた。

今度の美由貴さんの表情は明るかった。建さんのこととは切り離して考えてくれたみたいで、晶のやりたいことを応援したいと言っていた。

それに親父も、スカウトを受けてほしかったらしいというより、晶の中に本当は受けたいのではないかという気持ちがあるのを見抜いていたらしい。ただ、実の父親ではないという遠慮のほうが勝って、美由貴さんに投げることにしたようだった。

「それならあとは契約を交わすだけね。ご両親も一緒のときに——」

「あの、待ってください！」

晶が新田さんを止めた。

「やるなら、条件を一つ足してもらいたいんです……」

「条件？　なにかしら？　うちは他所の事務所さんよりそれなりに待遇は良いほうよ？」

すると晶は俺の顔を見た。俺はそれが合図だとわかって頷く。

俺は晶に代わって答える。

「条件というのは——」

――これは俺なりの悪あがきだ。

晶の中には建さんへの、プロの役者への憧れがある。自分もそうなりたいと思うところはあるのに、どうしても俺から離れられない。

そのことは建さんにも言われた――

『ただよ、お前だってわかってるんじゃねぇのか？　――晶を陸に繋いでんのが自分だってことぐらい』

――わかっている。

だから、どうやったら晶が船に乗るか、やりたいと思っている役者の道を、スカウトを受けさせられるかを俺なりに考えてみた。

『――最終的に乗るか乗らねぇか決めるのはやっぱり晶だ。もしあいつのケツを叩きてぇなら、お前も覚悟を決めろ』

だから俺も覚悟を決めた。

『──晶を、きっぱりとお前から諦めさせろ』

いいや、そうじゃない。

その覚悟では、俺も、たぶん晶も、悔いが残る結果にしかならない。

『あいつはべつの世界に行くことを恐れちまってる。一度航海に出ちまったら二度とお前のところに引き返せねぇかもってな』

晶が安心して船に乗るための方法。

それを俺は見つけて、覚悟の上でこうすると決めた──

「──俺を晶のサブマネージャーとしてアルバイトで雇ってください」

俺がそう言うと新田さんは鳩が豆鉄砲を食ったような顔をした。

「晶ちゃんのサブマネージャー……？」

「はい、それが条件です」

「ごめんなさい、それはできない。うちは――」

「新田さんならできますよね？　それくらいのルールをちょっと曲げることくらい」

「え……？」

俺が強引に出たためか、新田さんは少し驚いた表情を見せた。

「晶が花音祭のステージに立てたのは、俺が晶を全面的にバックアップしたからです。晶のポテンシャルを引き出したのは俺です。俺が台本読みに付き合ったり、体力をつけさせたりして、そばでずっとマネージメントしてきたからです。たぶん、これは俺にしかできませんでした」

「でも、涼太くん――」

「そもそも俺がいなかったら、当日あの『ロミオとジュリエット』の公演も中止になっていました。新田さんは晶のジュリエットを見ることも叶わなかったんです」

この人は今、喉から手が出るくらい晶がほしいのだ。だから――

「――晶のことをこの世の中で一番大事に思っていて、一番よく知っているのは兄であるこの俺です。晶がどうしてもほしいなら、俺を雇い入れてください！」

――これは新田さんに向けた、俺からの信頼と挑発。

おそらく新田さんは実力者。親会社から出向の命を受けてフジプロAを盛り上げるためのカンフル剤。

ならば交渉の余地がある。できないとは言わせない。言ってほしくない。

俺の覚悟がムダだとしても――

『でも、思っていることを伝えたいと思うのは大事だと思う』

――そう月森(つきもり)が言っていた。

伝わるかどうかはべつにして、俺自身がどうしたいか、伝えたいと思うことが大事なのだと。

だから俺は――大見得(おおみえ)を切った。

正直自分に自信はない。でも、俺にもたった一つ、誰にも負けないものがある。

『――この世の中で誰よりも晶のことを大事に思ってるって自信だ』

そのことを、建さんから教わった。

「俺、取り立ててすごい才能とかありません。運動も成績もそれなりで、なにかに熱中することもなくて、日々を平穏無事に過ごせたらって思ってました。たぶん俺の人生にラベルを貼るとしたら『それなり』って言葉が合うと思います」

「兄貴……」

晶が不安そうに見つめてくるので、俺は晶の頭に手を置いた。

「でも、こんな俺のことをこうして兄貴って慕ってくれる妹ができました。俺はこれからもこいつのそばにいてずっと支え続けたいんです！」

新田さんは俺の話をずっと複雑そうな顔で聞いていたが、

「……なるほど。晶ちゃんのために大見得を切ったってわけか……」

と言って、そこで初めて俺を睨んだ。

「……その選択は、あとで必ず後悔するよ？」

それは脅しにも聞こえたが、俺は怯まずに笑顔をつくる。

「二つの分かれ道があるなら、より後悔しないほうを選びます。でも、晶と進む道なら、たぶん俺は絶対後悔しないと思うので」

新田さんはまだなにかを言いたそうな顔をしていたが、けっきょく呆れたように大きなため息をついた。

「……ほかに条件は？　まさか駅前に二人で住めるマンションを買えとか？」

「買ってくれるんですか？」

「買わないよ、まったく……。――晶ちゃんは？　それが条件でいいの？」

晶はコクンと頷く。

「僕があの花音祭でお芝居ができたのは兄貴のおかげなんです。自信のない僕を元気付けて、一緒にランニングしたり、台本読みを手伝ってくれたりして……。役者をしているうちのお父さんが言ってました。人が育つためには環境が大切なんだって」

「その言葉……⁉」

新田さんはピクリと反応したが、晶は構わずに堂々と続ける。

「僕の環境の中心は兄貴です。――だから、兄貴が一緒じゃなかったら今回のスカウトは受けません！」

このあいだとは打って変わって、晶の態度は清々しく、堂々としていた。

俺と晶の顔を交互に見比べた新田さんは、やがて呆れた顔で伝票を摑んで立ち上がった。

「君の安い挑発に乗って、いったん会社に戻って上と相談してみる……。なるべく条件通りになるようにしてみせるよ。私も大見得を切ることぐらいできるからね」

「ありがとうございます！」

「でも、腹が立ったから、一つ君の間違いを訂正してあげる」

「なんですか？」

「君の人生のラベルは『それなり』じゃなくて『シスコン』。妹を甘やかす才能に関してはこの地球上で誰にも負けないわ」

「ちょっと！　俺は兄バカですからっ！」

俺が真っ赤になったのを見て、新田さんはしてやったりとクスクスと笑う。

「でも、君のそういうところが面白くて好きよ？　──ま、君の言う通りサブマネージャーの件が通ったら……せいぜい晶ちゃんに置いて行かれないように頑張ってね？」

新田さんはそのまま会計を済ませて出て行った。

あとに残された俺は、腰がくだけたように椅子の背もたれにどっと身体を預けた。

「はぁあああ～～～～～……──」

緊張が解けたと思ったら全身から力が抜ける。

そもそも俺は大見得を切れるだけの度胸がない。本当はめちゃくちゃ怖かった……。

まだ心臓がバクバクしているが、よくもまあ新田さんがいなくなるまで耐えられたものだ。

なんとか新田さんに思っていることの半分くらいは伝えられたと思う。

これで第五の関所——夏侯惇こと新田亜美さんをうまく説得できただろうか……。

「晶、とりあえずは、なんとか……——」

「兄貴ぃ～～～～っ！」

「おわっ！　ちょ、晶っ！　今身体に力が入らなくてっ！」

いきなり抱きつかれて狼狽えたが、晶は俺を睨んで頬をぷっくりと膨らませる。

……え？　なんで怒ってるんだ？

「そこまでの覚悟があるならなんで僕をもっと受け入れてくれないのさっ！」

「そ、それは、お前が大きすぎるんだ！　俺のキャパじゃ収まりきらん！」

「嘘つけ！　怖いだけのくせにっ！」

「怖いことは怖い！　でもそういうことでもなくて、今は自分に余裕がなくて、というかいったん離れてくれっ！」

「やだっ！　大好きっ！　兄貴とこれからもずっといるぅ～～～～っ！」

——やれやれ。

怒られたり大好きって言われたり、年の瀬に忙しない。

ただまあ、俺と晶が選んだこの選択が正しかったものだと証明しなければならなくなったのは確かだ。

新田さんはかつて「ある兄妹」を引き離そうとして失敗した。

それは新田さんにとっての優しさ——育ちきっていない妹を天才子役の兄から引き離すことで妹を守ろうとしたのだろう。

でも、人と人、兄と妹の結びつきは、他人がどうこうして簡単に切れるものでもなく、あるとき大きなしっぺ返しをくらうことがある。

けっきょくその兄妹が芸能界から離れたのがいい例だ。

……まあ、新田さんはまだ諦めていないようだが。

でも、俺は天才子役でもないし、ただ妹に対して過保護なだけの『それなり』の兄貴。

妹を守るために自らが引くのではなく、逆に一緒になって全力で押し出してやる。

たぶん俺と晶なら大丈夫。

大丈夫にするために、俺たちはこれから一緒に努力していくつもりなのだから。

——どうだ、建さん。

建さんの言っていた覚悟とは違うものかもしれないけど、俺はもう一つの道を見つけた。

証明してみせるよ。

これから、晶と一緒に――

＊　＊　＊

「――とまあ、そんな感じ……。ほんと嫌になっちゃうわ～」

亜美はやれやれと空いたカクテルグラスを見つめる。

建はその話を聞き終わると大声で笑い出してしまった。

「やるじゃやねぇか、あの坊主(ぼうず)！　これまたずいぶんな大見得を切りやがったな！」

「笑い事じゃないって……。大事な妹を送り出すからサブマネージャーにしろって交渉してきたのよ、あの子。あんな大見得を切るなんて――もしかしてあなたが涼太くんをそそのかしたの？」

「さてな……」

「しらじらしい……。こんなの上にどう報告すればいいわけ？　まったく……」

「その割にはお前もなんだか楽しそうじゃやねぇか？」

亜美は呆れを通り越してくすりと笑った。

「まあね。久々にああいう青臭いことを平然と言ってのける子を見つけちゃった」

「それだけ俺たちが歳（とし）をくったってことだろ？　時代は変わる。やり方も変わる。そういう波に合わせていかねぇと乗り遅れて終わりだってことだ」

「その割に、あなたは昔から芸風を変えようとしないわね？」

「まあ、これでも昔干されてからずいぶん丸くなったほうだがな……」

建は自分のことよりも、二人の子供の成長が楽しくて仕方がなかった。

自分とは違う道を行こうと考えついた涼太に。そして、自分の娘の選択に——業界屈指の敏腕マネージャーである新田亜美に一泡吹かせた二人の成長ぶりに、建は嬉（うれ）しくて仕方がなかった。

「でも、これであなたの代わりに晶ちゃんが手に入る。あなたの血を継いだ子なら必ず——」

「メンデルの法則は血が通ってねぇんだ」

「え……？　それ、どういう意味？」

建は手にしたグラスを見つめながらふっと笑う。

「血の繫（つな）がりなんて関係ねぇってことだ。大事なことは人と人の関わり、心と心が通うことだ。晶は涼太と一緒にいたら必ず大物になる。晶と俺の血は関係ねぇ。大事なのは晶にとっての環境の中心が、あの坊主だってことだ」

グラスに残る最後の一口を建は一気に飲み干した。

「だからよ、俺なんて小物にかまけてねぇで仕事しろ、亜美」

建はジャケットの内ポケットからくたびれた長財布を取り出して、中から札を二枚取り、空いたグラスの横に置いた。

「一つ、忠告しておいてやる」

「なに？」

「あの兄妹を引き裂くな。また痛い目を見るぞ？」

建はサングラスの下からギロリと亜美を睨んだ。

「それ、警告に聞こえるのは私が酔ってるせい？」

「どうとらえようがお前の勝手だ。だがもし涼太や晶が辛い目に遭ったら――」

亜美はくすりと笑って建を見る。

「相変わらず子供のことになると頭に血が上りやすいのね。好きよ、あなたのそういうところ……」

亜美は建の本気になった目を臆せずに見つめる。

それはまるで、高価で手が出せないほどの宝石のついたアクセサリーを見るときのような目だった。けれど、いつかこの宝を手に入れるんだという野心に満ちた目でもあった。

「今日、あなたに会えて良かった」

「ん？」

「かつて舞台の世界でその名を知らないとまで謳われていた、燿星・姫野建に会えたんだもの……」

「やめろ……。俺は過去にすがるつもりはねぇ」

「そう、あなたは過去の人じゃない。すっかり地に落ちちゃったと噂は耳にしていたけど、目の輝きはまだ死んでいないもの」

「……そう簡単にくたばってたまるかよ――」

建はふと目を閉じ、離婚して家を出るとき、幼いころの晶の顔を思い浮かべた――

『お父さん、本当におうち出て行っちゃうの……？』

『ああ。でも安心しろ。テレビをつけたら毎日俺が出てるくらい有名になってやるからよ？　そしたら寂しくねぇだろ？』

『僕、さびしいよ……。行かないでよ……』

『大丈夫だ、大丈夫……。お前のそばには美由貴がいる。それに、俺がどこかで必ず見守ってていてやるからよ？　ピンチのときは思いっきり叫べ。まあ、ヒーローって柄じゃねぇが、晶がピンチのときは必ず俺が助けに行ってやるからよ』

『本当……？』

『ああ。だから、俺がデカい舞台に上がるまで応援してくれ！』

『……わかった。でも、つらくなったらいつでも帰ってきてね……？』

もう帰れないとは言えなかった。

辛い目には何度も遭った。

けれど意地を通してきた。

娘との約束のため、大きな舞台で活躍する父を見せるため、汚泥をすすってでも役者の道にこだわってきた理由はそれしかなかった。

涼太には「美味しい思いをした」と照れ隠しのつもりで言ったが、建はそのために役者を続けてきたのではない。

ただ、娘が学校で自慢できるような、かっこいい姿を見せたかったからだ。

「――娘に約束してんだ。いつかデカい舞台に上がるってな……」

「そう……。そういう諦めの悪さも好きよ」

「忠告はしておいた。亜美、同じ轍を踏むなよ？　次は本当に島送りになるぜ――」

建はそのまま扉のほうに向かう。

「最後に一つだけ――」

背中越しに聞こえてきた声に反応し、建は振り向かずに足を止めた。

「――お医者様はなんて？」

建の肩がピクリと反応すると、亜美は残念そうな表情を浮かべた。

「……なんの話だ？」

「撮影所で倒れたって話、知ってるの……」

「……お前、晶にそのことを言ったのか？」

「まだ。でも、そのうち言うかも……」

「言うな」

建が出て行ったあと、亜美は建が残していったグラスを見つめた。中の丸い氷が照明の光を反射して小さな星のようにも見える。

燿星――キラキラ星のこと。

だれが最初につけたのかはわからないが、舞台の上でキラキラと輝く建にはぴったりな呼び名だった。

けれど、その呼び名が今は皮肉になりつつある。

亜美は、運とは待っていたら向こうから来るものではなく、引き寄せるものだと信じてきた。

役者に才能があっても、運を引き寄せられるかどうかはべつ。だから亜美はマネージャーになった。いまだ光が当たらない、才能を持った者たちに、運を引き寄せられるのは自分だと信じてきた。

けれど、人と人のあいだには、合う、合わないの相性がある。

建とは合わなかった。合わせたいと望んだが、お互いに譲れないものがあった。

そうして建は運を引き寄せられないまま、もうすぐ過去の人になってしまう。ただの一度も大きな舞台に上がれないまま……。

亜美が憂鬱げな表情で黙り込んでいると、マスターがすっと酒を出した。

「あの、頼んでませんけど……」

「クリスマスなんでお代は結構ですよ。あと店の看板消しておきました。今晩はお客さんの貸し切りですので──」

そう言い残してマスターは奥に引っ込んでしまった。

ため息と一緒に涙が溢れる。──嫌ね、クリスマスなのに、こんなに湿っぽいのは……。

「あの二人のことは任せて、建さん……」

建の残したグラスに語りかけると、中で氷がカランと返事をした。

＊＊＊

新田さんと会ったあと、俺と晶は買い物をしたりぶらぶらと遊び歩いて、家までの道すがら学校のことを話した。

晶は二年のコース選択で文系・進学クラスを第一希望、第二希望に理系・進学クラスを選択した。

おそらく、晶の成績ならどちらでもいける。三学期の三者面談で担任の先生と話すので、それまでにどちらにするかを最終的に決めるとのことだった。

いちおう進学クラスということだが、なぜかと訊いたら、今の自分では特進クラスについていくのは難しいという判断だった。

それに、特進クラスは一日七限授業なので、必然的に部活ができる時間も減る。

さて、これで第四の関所と第五の関所は突破した。

すでにクリスマス当日になってしまったが、これまで抱えていた問題を全て解消した。

俺が勝手に命名した『兄貴千里行』もこれで終わり、心置きなくクリスマスを楽しむことができる。

「じゃあ帰ってクリスマスを楽しむか！」

「そうだね、兄貴！」

そして家の近くまで来たとき――

「晶、こっからちょっと目を瞑（つぶ）ってくれ」

「え？　なに？」

「いいからいいから」

――晶は言われた通り目を瞑った。

少し不安そうだが、俺が晶の手を引っ張って家の前まで誘導する。

「さ、目を開けてくれ」

晶がゆっくりと瞼（まぶた）を開くと、

「――……え？　ええっ⁉　うわぁ～……！」

予想通りというか、晶から感嘆の声が漏れた。そして興奮して飛び跳ねる。

「なにこれなにこれっ⁉」

晶が目にしていたのは、十二月の最初のほうに見たもの。

家全体をイルミネーションライトで覆った、クリスマスデコレーション。

つまり、真嶋家は今、煌びやかな光に包まれている。

「兄貴、これどうしたのっ⁉」

「親父が、俺たちが出かけているあいだに準備してくれたんだ」

じつはクリスマスデコレーションの話は、俺から親父に晶がああいうのに憧れていると伝えておいた。それならうちもやるかと乗り気になったが、せっかくなのでサプライズにしようと話しておいたのだ。

街中をぶらついていたのは時間稼ぎ。親父たちがそのあいだに全て済ませていた。

そして悲しいことに、親父たちは仕事先に戻っていったらしい……。まあ、あとで晶の喜んでいる写真を送ればいいか。

「職場の人に手伝ってもらったって。親父の再婚祝いに、昔からの知り合いの社員さんたちと数人がかりで用意してくれたんだよ」

「そうだったんだね！　すごいっ！　綺麗っ！」

晶はそこからたっぷりとスマホで写真を撮り続け、ついでに俺も一緒に真嶋家を背景に何枚も写真を撮った。

いやしかし、さすがは映画美術の会社だけに、遊び心というよりも大人たちの本気が見える。

我が家がまるでアミューズメントパークの一角のようになっていたのを見て、俺は正直「これはやりすぎでは？」とも思ってしまった。

「でも、こういうのって準備とか片付けとか電気代が大変だって言ってなかった？」

「まあ、うちは共働きだし三日間くらいなら電気代もまあ大丈夫だろ。片付けは……まあ、頑張るか」

「どうして三日間なの？」

「親父たち、二十六日が休みだろ？」

「あ、そっか！」

二十六日は家族全員で過ごす一日遅れのクリスマス。

真嶋家は今年から毎年イブのあとにクリスマスが二日あるのが恒例になりそうだ。

「それにしても、なかなかロマンチックじゃないか？」

「だろ？　――さ、寒くなってきたし、中に入るか――」

＊＊＊

家の中に入った途端、玄関先でパンパパンと大きな音が鳴った。

「メリークリスマス、涼太先輩、晶♪」

「えっ⁉　ひなたちゃん⁉　それに……げっ！　上田先輩まで……」

「おい、チンチクリン。なんだその反応は？」

「チンチクリンゆぅ――なぁ――っ！」

クラッカーを鳴らして出迎えたのは、クリスマスの衣装を着たひなたと光惺。

じつは二人に今日来てもらうように誘っておいたのだ。うちの合鍵の場所は光惺が知っているので、勝手に上がっていてくれと言っておいたので、中でクラッカーを準備してくれていたらしい。

リビングに行くとこれまたしっかりとクリスマスの装飾がなされた上に、テーブルには温かい料理が並んでいた。

「涼太先輩、ごめんなさい。キッチン、ちょっと使っちゃいました」

「いいっていいって。それよりもありがとうひなたちゃん、準備してくれて」

「それがですねぇ、お兄ちゃんも手伝ってくれたんです！」

ひなたは信じられないという顔で光惺を見ると、光惺はトナカイの角の生えた金髪を掻いて「うっせぇ」と言った。

「電子レンジくらい使えるっつーの……」

「はいはい、怒らない怒らない」

ひなたは笑いながらそう言うと、晶の手を握った。

「さ、晶、準備しよ？」

「え？　準備ってなに？」

「ほら、あれ！」

「ああ、あれかっ！」

それから二人は仲良さそうに二階に上がっていった。

準備とやらで晶たちを待つあいだ、残された俺と光惺は二人で話した。

「良かったのかよ？　家族で過ごすんじゃなかったのか？」

「ん？　まあ、お互いに妹と二人きりで過ごすのは気まずくないか？」

「べつに……」

「俺は少し気まずい。お前とひなたちゃんが来てくれて助かる。やっぱこれからクリスマスは四人で過ごそう！」

光惺はふっと笑った。

「まあ、お前の場合はな？　──メンデルの法則の件、大丈夫なのか？」

「まあ、今のところは。そっちは？」

「は？　ひなたとんなことあるわけねぇだろ。キレるぞ？」

「すまん……。ガチにとるなよ……」

本気でキレられると面倒だったので、それ以上根掘り葉掘り訊かなかった。

「じゃあ星野さんのほうは？」

「ああ、あいつ？　べつになにも」

「え？　昨日告白されたんじゃないのか？」

「されなかった。プレゼント渡されただけ」

「そっか……」

おそらく、星野は告白しない道を選んだ。

光惺と親しくなる過程で、今の状態を捨てきれなくなったのだろう。

下手に告白して関係がぎくしゃくするよりは、このままの関係を続けていけば友達くらいのポジションでいられる。……光惺のことが諦めきれないから。

だったら、伝えたいと思っていたことを伝えないのも選択のうち。逃げるが勝ちと言うように、次の告白の機会を狙うのかもしれない。

それまでのあいだ、なにかしらのメッセージを光惺に送り続けるつもりなのかもしれないな……。

それはそれで、なかなかに辛い選択のような気もする。

そうして光惺と話していると、二階から降りてくる足音が聞こえてきた。

晶は昨日と違うサンタコスに着替えただけだったが、昨日より、なんというか、丈が短い気もするが……似合いすぎて眩しい……。

「えへへへ、驚いた？　じつは僕とひなたちゃんは特別に二着もらったんだ～♪」

「それじゃあクリスマス会始めよっか、お兄ちゃん、涼太先輩♪　……どうしたの、二人とも？」

「「なんでもない……」」

――とまあそんな感じで、妹たちの可愛いミニスカサンタコスに翻弄されつつ、料理をつつきながらゲームをしたりして、四人で楽しくクリスマスを過ごした。

＊＊＊

――翌朝、十二月二十六日。

俺たち四人は有栖南駅まで一緒に歩いていた。昨日うちに泊まった上田兄妹を駅まで見送るためである。

「それじゃあ晶、涼太先輩！　また冬休みに遊びましょう！」

「じゃあな、涼太……あと、チンチクリン」

「チンチクリンゆぅ――なぁ――っ！」

光惺が余計な一言を言うので、晶がプンスカ怒る。

「ちょっとお兄ちゃん！　晶に対してひどいよ！」

「うっせぇ、二号」

「もう！　誰がチンチクリン二号だって～⁉」

「バーカ。この場にお前以外誰がいんだよ？」

こうして喧嘩しながらも仲良く帰っていく上田兄妹を見送って、俺たちはまた家路に就いた。

「クリスマス、もう終わっちゃったな～……」

晶は少し残念そうな顔を浮かべた。

「なに言ってんだ、我が家は今日もクリスマスだろ？　ボクシングデーってやつだっけ？　ほらシュッシュッって」

俺はおどけたようにシャドーボクシングをしてみせると晶が微笑(ほほえ)んだ。

「兄貴、いろいろありがと。お外に連れてってくれたり、スカウトの件とか、ひなたちゃんたちとのパーティーまで、今日までいろいろ……」

「気にするな。まあ、晶にとって最高のクリスマスになったかはわからないけど――」

「ううん、最高のクリスマスだったよ。母さんや親父にもありがとうって伝えたいしみんなに感謝したいけど、やっぱ兄貴に一番感謝したい」

「じゃあ来年はもっと楽しいクリスマスにしないとな。ハードル上げたぶん、けっこう辛いな」

やれやれと頭を抱えると、晶は急に横から抱きついてきた。

「兄貴にプレゼント、渡さなきゃ……」

「なんだよ？」

「僕……」

「もらっていいのか？」

「全部あげる……」

見上げた晶の顔はすでに真っ赤になっている。

「僕のこと、もらってくれる……？」

「それは俺のプレゼントを受け取ってから判断してくれないか？」

「え……？　兄貴から？」

俺は一つ深呼吸した。

「晶、目を瞑れ」

「う、うん……」

晶が目を瞑ったところで、俺は晶の背中に回り、
と、プレゼントを渡し終えたので目を開けるように促した。

「目、開けていいぞ？」

「もう～！　キスとかハグだと思ったのに！」

拗ねたように怒る顔も可愛い。

「ははは。それよりももっと素敵なものだ」

「感触で分かったけど、このネックレス……。ありがとね、兄貴」

晶は照れ臭そうにそっと首元に手をやる。

「晶、似合ってるぞ？」

「えへへ、そうかなぁ？」

「あそこの店の前の鏡で見てこいよ」

「うん！」

ちょうど駅前の服屋さんのところに大きな鏡が出ていたので、俺は指差して行くように促す。晶は弾むようにウキウキと向かった。そして――

「えへへ～♪　……へ？　えっと……え？」

――喜びが戸惑いに変わった。

すぐにバタバタと走って俺のもとにやってくる。

「兄貴、えっと、もらっておいて大変恐縮なんですが……変わったデザインだね？」

晶が首に巻いていたのは、黒くて細かい数珠（じゅず）のようなもの。それなりにはかっこいいし似合っていると思ったのだが……うん、悪くないな。

「気に入ったか？　機能性で選んでみたんだ」

「へ、へぇ～……機能性？　色とかデザインじゃなく……？」

「ああ。お前、姿勢が悪くて肩こりがひどいってひなたちゃんから聞いてたから」

「えっと、じゃあ、まさかこれって……」

「うん。磁気ネックレス」

ひなたと出掛けた日に見つけたそれは、肩こりに恐ろしいほど効くと噂の磁気ネックレス。ただの磁気ネックレスではない。「恐ろしいほど効く」のだそうだ。

謳い文句通りかはわからないが、これで晶の肩こり問題は解消されること必至。

「磁気ネックレスって！　だったらもうちょっと可愛いデザインにしてよっ！」

「ほかのは売り切れでなかったんだよ……。それにひなたちゃんだってそれ欲しがってたんだぞ？　最近肩こりがひどいんです～って」

「それはひなたちゃんがデカメロンだからっ！」

「おい、友達をデカメロンって言うな！　最後の一個しか並んでないのをお前のために譲ってくれた優しい子なんだぞっ！」

「だって、僕からしたらそういう肩こりは羨ましいんだもんっ！　ひなたちゃんありがとう！　でもでも、兄貴！　そういうことじゃなくて、そういうことじゃなくてぇ～～っ！」

もちろん、このあともう一つのクリスマスプレゼントを渡した。

磁気ネックレス、悪くないと思うんだけどな……？

――とまあこんな感じで、けっきょくいつもの俺たち。

少しずつ前進はしているがなかなか前には進まない。

ただ、この亀のような歩みを一歩一歩踏みしめるのが大事なのではないかと最近俺は思うようになった。

千里の道でも、一歩一歩、ゆっくり、慎重に、着実に――そうして進んだ先に、晶の望むハッピーエンドがあるのではないかと。

それでも、時間は未来に向かって進んでいる。

時間の流れは誰にとっても平等だけれど、たぶん体感速度は人それぞれ違う。

そしてたぶん俺たちの体感速度も、これからどんどん加速していくのだろう。

スカウトを受けると言った以上、千里をゆっくり進む亀さんではいられなくなるのかもな――そう思うと、正直怖い。

なにかを見落としてしまってはいないか、ミスをするんじゃないか、また問題が積み重なるのではないか、周りについていけなくなるのではないか、晶に置いていかれたらどうしよう――と、悩み出したらきりがない。
そういうときは――困難は分割せよ。
今回のように問題を複雑にせず、単純なかたちにして、慌てずに、千里の道も一歩から。
そうやって問題を解決していったらいい。
それにしても――

「よ、ようやくクリアできた……。コツコツレベル上げて、伝説のアイテム取りに行って、パーティーを最強にして……この短期間でプレイ時間五十時間超えは、さすがに、しんどかった～……ああ、朝日のせいでエンドロールが目に染みるぜ～……」

俺は晶と一緒に部屋にこもり、買ったばかりのRPGを冬休み中ぶっ通しでやっていた。

そして冬休みが終わる直前の今日、完徹してようやくクリアすることができた。

「えへへへ、やったね兄貴♪　冬休み中にこのRPGクリアできたじゃん♪」

「というか、お前はすこぶる元気だな……？」

「兄貴にもらったこの磁気ネックレスのおかげかもね～？」

最初色とかデザインに文句言ってたくせに……。

いやいや、磁気ネックレスのおかげとかではなく――

「──お前、面倒なところは俺にやらせてずっとこたつで亀さんだったよな……？」

「なんのこと～？」

「もういい、俺は寝る……。起きたら冬休みの宿題もやらないとなぁ～～……」

「よし、じゃあ僕が兄貴を元気づけるために添い寝してあげよ～～っ！」

「お前、絶対に寝かせてくれないだろっ！　今日は、今日だけはゆっくり休ませてくれっ！　頼む！　お前はせめて自分の部屋かこたつで──」

「やーだ！　僕は兄貴とくっついて寝るのが大好きなのだ～！」

「自己中ぅ──っ⁉」

「え？　チューしたいの？　じゃあはい、チュ────……──」


──シンプルに言って、うちの義妹の可愛さは最強。

これぞまさに、不変の真理である。

12 DECEMBER

12月25日（土）

午後から兄貴と観劇に行ってすごく感動したし、楽しかった！

新田さんにサブマネージャーになりたいって言ったとき、とても驚いてた。

でも、兄貴は最後まで堂々と自分の気持ちを伝えようと頑張っていた。

兄貴がそばにいたいって言ってくれたとき、思わずキュンってしちゃった！

私も兄貴の姿勢を見習わないとって思ったら、兄貴は新田さんが帰ったすぐあとにヘロヘロになっていた。可愛い！ やっぱり兄貴は兄貴だね！

でも、ああいう世界に行くのは、正直難しいって思ってたけど、誰でもやっぱり最初はそうだよね？

不安だったり、怖さだったり、そういうのはあって当たり前のことだし、でも兄貴がそばで支えてくれるならすごく心強い！

それからそれから、兄貴と一緒に帰って、驚いたのがお家がすごいことになっていたこと！

親父が会社の人と一緒にクリスマスデコレーションをしてくれてたとか、ほんと嬉しくてあとですごく感謝した！ 兄貴が私とした話を覚えてくれていて嬉しかったなぁ～……。

兄貴は今度会社の人にお礼のなにかを贈るって言ってたけど、私も一緒になにかしたい！

そして家の中にひなたちゃんと上田先輩がいて驚いた！

ひなたちゃんとサンタコスして、兄貴たちとゲームして遊んで楽しんだ！ そのうちいつの間にか寝ちゃったけど、四人で過ごす最高のクリスマスになって良かった！

そしてそして兄貴からのクリスマスプレゼントは磁気ネックレス……って、おい！

そんなわけで、今回の物語はハッピーエンドってことで、兄貴は私に最高のクリスマスをプレゼントしてくれた。

兄貴はいっぱい問題を抱えていたけど、私のため、みんなのために、一つ一つクリアしていった。

だからとにかく兄貴はすごい人で私は大好き！

これぞまさに不変の真理！

シンプルに言って、うちの兄貴は最強ですっ！

あとがき

こんにちは、白井(しらい)ムクです。じついも四巻のあとがきを書かせていただきます。

今回はクリスマスを前に様々な問題が発生いたしました。上田兄妹(うえだきょうだい)の物語も動き出し、さらに新たな縁を引き寄せていきます。ここから新章突入といったところでしょうか。

涼太(りょうた)の同級生で、ミステリアスな雰囲気の月森結菜(つきもりゆいな)。彼女はなにかしら涼太に思うところがあるようですが、果たして物語にどのような影響を及ぼしていくのでしょうか？

また、ひと癖もふた癖もありそうな芸能マネージャー新田亜美(にったあみ)。晶(あきら)の実父である姫野(ひめの)建(たける)とともに、物語のキーマンになりそうな予感です。

まだまだ真嶋(まじま)兄妹の物語は未来に向けて進んでおりますので、どうぞこれからもじついもの応援をよろしくお願いいたします。

ここで謝辞を。

これまで多くの方のご支援とご協力を賜り、四巻を発行するに至りました。

担当編集の竹林(たけばやし)様並びにファンタジア文庫編集部の皆様をはじめ、出版業界の皆様、販売店の皆様、書店員の皆様、それぞれの関係者の皆様に四巻もご尽力いただけましたこと、厚く御礼申し上げます。

イラスト担当の千種みのり先生にも非常に多くのご協力を賜り、今回も素晴らしいイラストやボイスコミック版の漫画をご用意いただけましたこと、心より感謝申し上げます。千種先生の益々のご発展とご活躍をお祈り申し上げます。

また、コミカライズでお世話になっております堺しょうきち先生並びにドラゴンエイジ編集部の皆様にも厚く御礼申し上げます。今後も堺先生と一緒にじついもを盛り上げていけたら幸いです。今後ともよろしくお願いいたします。

さらに、ボイスコミック版でお世話になりました晶役の内田真礼様始め、涼太役の松岡禎丞様、ひなた役の高野麻里佳様、光惺役の土岐隼一様並びに製作スタッフの皆様にも心より感謝申し上げます。

そして、いつも陰ながら支えてくださる結城カノン様、家族のみんなにも心より感謝を。

最後になりますが、本作、本シリーズを応援してくださる読者の皆様にも心よりの感謝を申し上げます。また、本作に携わった全ての方のご多幸を心よりお祈り申し上げまして、これからもよろしくお願いいたします。

簡単ではございますがお礼の言葉とさせていただきます。

滋賀県甲賀市より愛を込めて。

白井ムク

原作ボイスコミック
じつは義妹（いもうと）でした。

（略して「じついも」）

原作ボイスコミック
そ、それじゃあ…お、お背中、お流ししま～す…

おいおい、そんなに丁寧じゃなくていいぞ？もっとゴシゴシとやってくれ！

キャア！

ははっ、気をつけろよ…？…ん？んんっ!?

石鹸で滑ったんだろう。アキラの柔らかな体が
夏休みも終わり、始業式の日。制服に着替えたアキラは、可憐で、ただの美少女…。

こんな美少女と俺は1ヶ月くらい一つ屋根の下で暮らしていたのだと思うと、なんだか胸が高鳴ってしまう。

ど、どうかな…？

いや、べつに…

家族として、兄妹として、そういう目でアキラを見てはいけない。そのせいでアキラにそっけない態度をとってしまう自分がたまらなく嫌だ。

イラスト／寿帆

富士見ファンタジア文庫

じつは義妹でした。4
～最近できた義理の弟の距離感がやたら近いわけ～

令和４年10月20日　初版発行

著者――白井ムク

発行者――青柳昌行

発　行――株式会社KADOKAWA
〒102-8177
東京都千代田区富士見2-13-3
0570-002-301（ナビダイヤル）

印刷所――株式会社暁印刷

製本所――本間製本株式会社

ISBN978-4-04-074734-7 C0193 ◇◇◇